緋彈的亞莉亞XI
Aria the Scarlet Ammo
赤松中學
U0028864

1彈　瑠璃色的姊妹神

亞莉亞的母親——神崎香苗小姐的推測是正確的。

真的存在。

就跟緋緋神一樣——

瑠瑠神和璃璃神也都存在。

現在，那兩位女神就出現在我們眼前。

我們用火車突破內華達州的沙漠，入侵51區空軍基地的地底深處——總算來到了她們面前。

從外觀被塑造成一百年前的車——福特T型的瑠瑠色金現身的瑠瑠神……

「——我們是與現今所有一切同在的存在，改變現今的自然，等於是傷害自己。」

透過如幽靈般沒有實體的美女外觀對我們說明著。

那姿態不知是否因為對我們抱有警戒……

是模仿GⅢ深愛過的已故人物莎拉博士的外觀。

「因此，GⅢ，我們無法實現你的心願。讓已經逝去的生命不自然地復活，是對不應該隨意改變的大自然進行的一種破壞。」

瑠瑠神似乎已經看穿GⅢ內心的想法，而用溫和的聲音先表示拒絕了。

在啞口無言的GⅢ左右兩側，擁有超能力的兩名部下——洛嘉與九九藻分別小聲說著「讀不出內心」「沒有放出瑠瑠粒子」等等針對瑠瑠神的報告。

在冰冷的亞麻地板與鋼鐵牆壁圍成的車庫中……

「……瑠瑠神，我……」

我祈禱似地閉上眼睛，對瑠瑠神開口。

打算將我希望阻止亞莉亞緋緋神化的想法傳達給她知道。

然而，瑠瑠神似乎也從我的腦中直接看出了我的想法。

「我透過你友人的十字架，有看到緋緋擾亂了你們命運的那些光景。請讓我代替緋緋，向你謝罪。」

她散發出彷彿一切都明白似的神聖氛圍對我如此說道。

「我們色金——是**擁有意志的金屬**。其意志一即是全、全即是一。即便形狀改變、分隔兩地，心依然還是共有的。」

理子的那個藍色十字架中，含有極微量的瑠瑠色金。瑠瑠神就是透過那東西，感受過事情的來龍去脈……大概是那樣的意思吧。

「我們的心存在於人類無法計量的極微小世界——基本粒子的世界。如果從分子層次觀察我們色金，想必無法分辨出和鐵、鎳、鉑、金等等眾多金屬之間的差別吧。」

瑠瑠神雖然也從科學角度進行了自我介紹，不過對我而言，剛才那段概念性的說明就足夠了。

用我的解釋方式，色金簡單來講就是**有靈體附身的金屬**。

而那個金屬如果被分割，附在上面的靈體也會分割。

然而，它們依舊共有同一個意志，也就是能夠同時存在於好幾個地點。

所以才會說『一即是全，全即是一』。

另外——那個靈體同時也是個超超能力者。

它能夠像現在這樣自己使用超能力投影出莎拉博士的外觀，或是附身在人類身上，把力量分給人類等等。

因為是超自然中的超自然現象，所以大家姑且稱呼為「神」了。不過……

把它當成人，然後鼓起勇氣對話吧，金次。

「心……妳是這麼說的吧？我曾經和附身在亞莉亞或猴身上的緋緋神戰鬥過，她和妳在個性上相差很多。色金各自也有不同的人格嗎？」

聽到我很普通地對瑠瑠神開口講話，GⅢ一黨與馬許都露出驚訝的表情。

很悲哀的是，我對這種超自然現象早已習慣啦。管他是神還是幽靈跑出來，我的驚嚇迴路也已經被燒壞了。因此這裡就交給我吧。

「是的。我——瑠瑠和那邊的妹妹璃璃，並不想改變現有的存在。我們希望的是被人守護、不被人打擾，永遠沉睡下去。」

靈體的瑠瑠神伸手示意被璃璃神附身而呆站在原地的蕾姬，如此回答。

「然而，緋緋不一樣。數千年前，緋緋被我們色金所缺少的『熱情』這項**人類的感情**所吸引，之後便不斷慫恿人類引起戀愛與戰爭，陶醉於共享那樣高昂的感情之中。為此，緋緋已經破壞眾多人類的命運，甚至到了無法再放著不管的程度。那也是一種不可原諒的自然破壞。」

將人類視為自然中一部分的瑠瑠神──

「因此……我和璃璃下定決心，要阻止緋緋。這份意志，想必與金次你的意志不相矛盾。今後我將隨同你──踏上擊潰緋緋之路。」

指名我，表示願意成為我的夥伴。

這對我來說當然是再好不過了。但是……

「……妳所謂的『阻止』、『擊潰』是什麼意思？」

我保險起見還是向她確認這點。

「我希望你攜帶我的一部分，並接近世界各地的緋緋色金。我會用我的換價重力圈捕捉緋緋，將其重力子聚集起來，進行壓毀。最終壓毀所有的緋緋色金。我能辦到這點。」

「我不太懂。如果以人類舉例，那是什麼樣的行為？」

「雖然是階段性的，不過就等同於『殺害』。我現在，已經下定殺害姊姊的決心了。」

與瑠瑠神一起——借用蕾姬身體的璃璃神也瞥眼盯向我。

……果然還是變成這樣啦。

我想要阻止亞莉亞的緋緋神化。這點上確實與瑠瑠神、璃璃神一致。

姑且不論是否把人類視為自然的一部分，不過我也同意她們不可破壞自然的想法。

然而無論是剛才想過的前提，或是在個人的感覺上，我都把緋緋神、瑠瑠神與璃璃神三姊妹視為人了。雖然『人的定義究竟是什麼』這種問題要交給專家學者去煩惱，但對於實際與她們接觸過的我來說，她們擁有自己的人格，而且雖然是金屬，不過也算有身體。是金屬人。

然後——武偵法第九條。

武偵不論在任何情況下，都不得在武偵活動中殺害任何人。

這項條文中，把不得殺害的對象指定為『人』。並沒有限定是生物學上的人類。而在我的認識中，金屬人也是人。這麼一來，殺掉緋緋神就是違法的了。

更何況……在講到法律之前，緋緋神也是透過孫或亞莉亞和我接觸過的對象。要是殺掉她，想必我以後會睡不好覺。而且雖然不知道有沒有性別之分，但我認為她的性別應該是女的。就算沒有身體，我也沒興趣去殺死女人。因此……

「不行。我不殺她。我可不會幫忙妳們殺掉自己的家族。」

在這一點上，我很明確地否決了。

「那麼，你要怎麼對付緋緋呢？」

不過今後應該還是有必要讓瑠瑠神成為我方的夥伴，因此我說出了自己的提議：

「**逮捕她**。」

聽到這句話，大家又用驚訝的眼神看向我了。連因為我有一半是隨口亂說而沒能猜出我想法的瑠瑠神，以及璃璃神蕾姬也都露出有點吃驚的表情。

「遇到這種時候，我會根據日本的現行法規來思考事情。畢竟和你們這些超自然的傢伙混久了，我有時候都會差點忘記常識啊。」「明明自己才是最超自然的存在。」「任何人都應該有接受審判的權利。因此我要逮捕緋緋神，讓她贖自己的罪、改過向善。璃璃神，妳剛才不是說過，妳們是世界上只存在這三種類的姊妹嗎？那麼要是讓其中一個種類滅絕，那才真的叫破壞自然。」

雖然在途中被洛嘉插嘴打岔，不過我還是沒理她繼續說完後——

「……我無法贊成，不過，也沒能反對。因為我不能理解。所以……這件事以後再商量。也許只要和緋緋神再度見面，你的想法也會改變。」

瑠瑠神擺出思考的動作，如此回應我。

果然，像這種地方她就很像個人啊。

「那麼，我就帶走妳那個汽車外型的身體了。但我想應該沒辦法全部帶出去，就拿走一部分的零件吧。」

趁瑠瑠神還沒改變心意之前——

我對GⅢ的部下中應該對老車子也很有研究的安格斯使了一下眼色，並指著用瑠瑠色金造出來的福特T型車其中一輛如此宣告了。

在馬許對51區・第89A管理區全體設下的電子性保護措施被突破之前，我們迅速從保管瑠瑠色金的地下設施脫逃到了夜晚的屋外。

蕾姬她——在我和瑠瑠神的對話結束後，就變回了平常的蕾姬。所謂的『風』，也就是璃璃神，看來只是為了和瑠瑠神對話才使用了蕾姬，但並沒有打算與我們交流的樣子。

而在GⅢ的部下們著手拆解一部分的福特T型車時，瑠瑠神的影子變得越來越稀薄，最後消失了。她大概也是盡量不想跟人類繼續對話吧？

不過，她所附身的瑠瑠色金現在有三公斤以上在我們手中。安格斯拆下變速箱交給亞特拉士搬送，大大小小的螺絲裝在洛嘉的口袋中，方向盤則是由九九藻抱在腋下。帶走這些應該就足夠了。

瑠瑠色金被盜走的事情，等馬許設下的保護措施被解除後，想必馬上就會被發現。而雖然只是暫時性但依然算防衛負責人的馬許，在大家從偽裝成沙漠一部分的逃生艙門爬出來後——

「……以你的IQ，應該知道我現在想說什麼吧，GⅢ？」

隔著眼鏡窺視般地看向我們。

「你如果想跟我們交涉，就別用槍口對著我們。那種行為一點都不美啊。」

看到莎拉博士的幻影時，簡直像靈魂出竅似的GⅢ這時也已經振作起來——把只剩一邊的手插在腰上，挺起胸膛。

因為馬許不管怎麼看都是手無寸鐵，我們不禁對GⅢ的發言露出「？」的表情。結果馬許咧嘴一笑，對腳下命令了一聲：「起來，LOO-GyNe。」

而就像是在回應他似地……

「LOO。」

馬許腳邊的沙漠從地底發出聲音——

一名蔚藍色秀髮的少女像地鼠般鑽了出來。

「……！」

除了似乎早已察覺她存在的GⅢ以外，我們所有人都被嚇得擺出迎戰姿勢。是我們在進攻51區的路上襲擊過我們的LOO。在戰鬥中被亞特拉士打到破爛，從火車上跌落到迷你大峽谷下的少女型機器人……！

她的武裝幾乎已經全失，腳部零件損傷，被扯斷的右手臂讓人看了就覺得痛，不過感覺如果想戰鬥還是可以戰鬥的樣子。

「只不過是讓LOO跑了三十七哩半的馬拉松而已，有必要那麼驚訝嗎？」

馬許用手指輕敲了兩下他那副兼具超小型HMD功能的眼鏡……

「我受到收支報告紀錄事項不當利用的內部告發，又沒能盡到聯邦X檔案之一——瑠瑠色金的防衛責任。這種狀況下，看來我也只能轉行當壞人了。GⅢ——你的同盟中感覺還欠缺一個人負責動腦的工作。這可是個好機會，能用破例的條件雇用我這個再適合不過的人才。而且現在雇用我還能把這個LOO也多送給你！我在古巴有一筆私人財產，所以在支付薪水上也能大幅節約喔。」

聽著馬許這段像購物頻道主持人般搭配誇張動作的發言——

「看來越是優秀的模範生，私底下的行為就越壞是吧。好，反正我剛好也想要一個人負責情報工作。九〇年代出生的二十七名人工天才中，現存的只剩下十六人。我和你就像是僅存不多的同班同學，就看在同窗的份上，今後多關照啦。」

GⅢ苦笑回應，用他剩下的一隻手與馬許握手。

……他臉上的表情彷彿在說「真要講起來，應該是我們收容了變得無處可去的馬許和LOO才對啊」，真是一如往常的老好人GⅢ。

大家接著回到親GⅢ派的空軍營區——

留在那裡喝免費酒的前軍人桑德斯爺爺看起來已經完全喝醉，向其他人唬爛自己是GⅢ的好朋友，甚至還講好要軍方出直升機送他回家了。包括剛才馬許的表現，美國人的民族性在這種時候真的臉皮有夠厚的。

「這次不好意思打擾你們啦，算我欠你們一次人情。」

看到空軍准將上前迎接我們，GⅢ面對年長者依舊態度高高在上地輕鬆敬禮。

而准將則是笑著搖一搖他魁梧的身體……

「該感謝的是我。只不過是這種程度的小事就賣了GⅢ同盟一個人情。如果下次總統大選是共和黨勝利，我光是在電話裡誇耀一下這件事，就能飛黃騰達啦。」

他說著，用雪茄指了一下停在沙漠機場上、螺旋槳已經在旋轉待命的AC-130空中砲艇。

「你們回程走北邊比較好吧？我已經申請好飛往紐約甘迺迪機場的空路，而且搭機人員保持機密了。」

好誇張啊，這種對GⅢ的優待程度。看來在美國，光是協助英雄對自己就有一種加分效果的樣子。真希望日本也務必學學人家，給某位從巴士啦、飛機啦、新幹線等等的劫持事件中拯救了乘客的英雄一筆獎金呢。

在安格斯與亞特拉士駕駛的AC-130中，LOO很快就被當成小妹使喚了。不愧是機器人，都不會覺得累，從治療傷患到準備茶水，她都「LOO、LOO」地叫著，乖乖工作。

而連肉帶骨啃著肉排的GⅢ，則是和馬許在討論事情。

……我不經意聽到他們對話的內容，似乎是跟莎拉博士有關的樣子。

不過那是GⅢ的事情，我已經決定不再插手了。看是要去收集龍珠還是怎樣，隨便他吧。

GⅢ談完事情後，來到正在喝LOO泡好的即溶咖啡的我旁邊……

「然後呢？老哥接下來有什麼打算？」

「……我考慮了一下，應該會到英國去找亞莉亞吧。」

聽到我這麼回答，人妖黑人柯林斯就像個女人一樣扭著身體加入我們的話題：

「我就知道！情人分隔兩地的期間，思念會越來越深，忍不住會想去找對方呢。」

「不，我說要去找她不是那個意思啦！是消去法。現在知道下落的緋緋色金只有亞莉亞胸內的緋彈和埋在猴體內的這兩個。但因為我違反了極東戰役的休戰協定，跟猴聯繫的方法只好當成備案。所以就從正面突破，直接去找亞莉亞。然後看狀況，試著讓瑠瑠色金跟緋緋色金接近。」

「也就是在倫敦讓瑠瑠神和緋緋神決戰的意思吧。」

對於GⅢ這句話，我搖頭否定。

「雖然緋緋神是個不講理的傢伙，但我還是不想讓她跟能夠殺掉她的瑠瑠神戰鬥。要是她們有開打的跡象，我就會把她們分開。畢竟照瑠瑠神的說法，她似乎只要不接近緋緋神就無法殺她的樣子。」

「不戰鬥是要怎麼解決問題啦？真不像老哥的作風。」

GⅢ擺出歐美人那種『真受不了你』的動作，於是我彈了他額頭一下訓斥他：

「或許美國是用戰爭在解決問題，但日本的做法是盡量努力跟對方進行對話和交涉啦。而我打算讓瑠瑠神擔任交涉官的工作。瑠瑠神說過緋緋神是她的姊姊。也許自家人講的話，緋緋神多少會聽進去。」

「那假設緋緋神和瑠瑠神真的如你所願同時出現了，你又要拿什麼跟她交涉？老哥你誇下海口說要逮捕緋緋神，那又要怎麼做？把緋彈連同亞莉亞的心臟一起摘除出來，銬上迷你手銬嗎？我是不知道你想把她關進牢裡還是流放外島啦，但根本也沒刑罰可以制裁她吧？怎樣？這麼多問題你又怎麼打算？」

「這……我也不知道。」

「對吧？所以還是只能殺掉她啦。」

「我是不知道。但有個人物或許知道該怎麼解決這些問題。」

「……誰？」

「梅露愛特・福爾摩斯。也就是亞莉亞的妹妹。加奈在東京說過，梅露愛特對於色金的事情或許比夏洛克知道得還要多。雖然聽說她個性古怪，不過我想亞莉亞應該也在試著向她問出這些事情。所以——我要把瑠瑠神帶去亞莉亞、緋緋神和梅露愛特齊聚一堂的倫敦。」

——究竟該怎麼處理這些女神，想必梅露愛特一定能推理出來。

雖然這依舊是如浮雲般不確實的計畫，但我總覺得已經抓到通往解決的線索了。

至少比當初離開東京時那種如身陷五里霧中的感覺要踏實得多。

如果這些問題都能順利解決——亞莉亞就能從緋緋神的詛咒中獲得解放。只要色金與亞莉亞之間的關係被切斷，神崎香苗小姐應該也不需要再為了保護色金的祕密受政府監禁了吧。

沒錯。所有事情一定都能得出完美的結局。
只要順利度過這段艱辛的過程，一定。

隔天早上——
我們搭乘 AC-130 抵達Ｊ・Ｆ・甘迺迪機場，接著坐超級跑車的豪華車隊回到ＧⅢ大廈後……ＧⅢ就讓部下們放假了。
盛裝打扮的洛嘉說著「我要去把寶璣的金錶標下來」這種充滿幹勁的宣言前往拍賣會場，亞特拉士開著大型的ＳＵＶ車豪邁地回去他爸媽住的老家，柯林斯上美容院，九九藻和金女則是到洋基球場去看棒球賽了。
明明才剛橫越美國大打了一場的說，大家還真有體力呢。
至於我嘛……在ＧⅢ以及自願取消休假幫忙他的安格斯，還有馬許在幫我張羅安排倫敦行的這段期間，負責留下來看家，並大吃大睡養精蓄銳。
到了晚上也和蕾姬與ＬＯＯ一起坐在大客廳的毛絨絨地毯上，看著電視享受休假。聽到放假就馬上往屋外跑根本是外行人的做法，留在家裡滾來滾去才是最奢侈的休假方式啦。
而就在我看著電影頻道播放的電影——三百壯士的時候……
「——金次同學，這次去倫敦請你要小心一點。」
跟我一起望著大型電漿電視、眼神卻好像在看著遠方的蕾姬忽然對我如此說道。

「……幹麼啦？意思是妳不會跟我去嗎？」

「是的，我打算回故鄉一趟。」

眼睛沒有望向我的蕾姬如此回應，我忍不住中斷電影欣賞會轉頭看向她。

「風在叫我。不過，這並不是我對風唯命是從的意思，是我自己也認為應該跟風見個面。」

緋緋神、瑠瑠神──以及被稱為『風』的璃璃神。

雖然蕾姬似乎沒有被璃璃神附身時的那段記憶，不過看來她打算到宿有璃璃神的璃璃色金那裡去的樣子。

「風……是指璃璃神吧？我本來就想說萬一事情不太順利的時候要拜託妳的，原來妳其實也有打算要當後備啊。」

在武偵用語中所謂的後備──

是指主線被切斷，也就是當我失敗的時候，負責上場代打解決問題的人。

失敗，指的是當我喪命的時候。

這次事件中，萬一遇上最壞的狀況……有可能我會在與緋緋神的戰鬥中死亡，瑠瑠神也戰敗，最後只剩下變成緋緋神的亞莉亞。

當事情變成那樣的時候，就換成蕾姬與璃璃神出面對付緋緋神亞莉亞。

這就是我的計畫。當然我也希望這種事不會發生啦。

「那我姑且留一句遺言給妳吧：拜託妳別殺了緋緋神，就算我被殺掉了也一樣。既然妳也是武偵高中的學生，就好好遵守武偵法。可以嗎？」

「……」

居然不回答我。看來她是打算大開殺戒啦。這下我無論如何都不能失敗了。

不過在這裡跟頑固的蕾姬辯論也只會浪費時間。

這件事我等一下再請風魔之類的去把艾馬基抓為人質——或者說狗質——強迫蕾姬聽話好了。

「……關於妳的護衛，我會去叫金女跟著妳。總覺得霸美——那群鬼似乎很想要讓緋緋神出現的樣子。要是她們察覺妳的行動，然後從妳那邊下手妨礙，我也很傷腦筋。」

「謝謝。」

聽到蕾姬乖乖道謝，我不禁覺得她又變得更像個人了。同時……

我忽然想到一個問題，於是開口詢問：

「這麼說來，在妳的故鄉有被認為是璃璃色金的東西對吧？」

「是的。因為被水藻覆蓋的關係，我以前一直以為那是石頭。但或許那其實是金屬也說不定。」

「水藻……意思是它在水中嗎？」

「就在一片被稱為哈爾烏蘇湖的圓形湖湖底。」

這搞不好是個意外的好運呢。

我們至今為止，只看過十字架、子彈、短刀、汽車等等被加工過的色金。

而它既然是沉在湖底，被水藻覆蓋……很有可能從來沒被人類碰過。

我或許可以透過蕾姬的證言，知道所謂的色金在自然界原本的形狀。

「妳記得它的大小形狀嗎？妳那麼會畫圖，就稍微畫出來給我看看吧。喂，LOO，去找些畫圖工具過來。」

就這樣，我分別對機器人蕾姬與真正的機器人LOO提出要求後——LOO從洛嘉房間偷來圖畫紙與蠟筆，交給蕾姬……

於是蕾姬擺出土下座的姿勢，把圖畫紙鋪在地毯上開始作畫了。

……畫呀畫……畫呀畫……

蕾姬用藍色與綠色的蠟筆，畫著應該是潛入水中看到的璃璃色金。

呃……超、超強的。

水藻看起來超逼真，還用漸層色完美表現出水的透明感。

不過也因為她畫得很仔細，似乎要花上一段時間的樣子。

而就在我等她畫完的這段期間，稍微把視線移開的瞬間——

（嗚、噢……！）

我看到一個東西，差點叫出聲音。

因為現在是晚上，從地板一直到天花板都是玻璃的落地窗變得像一面鏡子……

結果蕾姬趴在地上的身影就映在上面了。而且是從背後。

穿著武偵高中制服短裙的她像母豹一樣趴下，讓整條大腿——毫無贅肉的腿部曲線全都露了出來。甚至連原本應該藏在裙子下的某種棉質物體也變得若隱若現。

蕾姬本人因為專心畫圖的關係，沒有察覺我的視線。

現在這種留下來顧家的狀況，感覺就好像在GⅢ家中「今天爸爸媽媽都不在家呦」的情境。而我也因為養精蓄銳了一整天，可說是氣血通暢的絕佳狀態。話說，該養精蓄銳的不是那方面啊，金次！那在爆發性來講是很危險的，到底要講幾次才懂！不准看！

「請看。」

正當我與體內血流奮戰的途中，忽然聽到蕾姬這句發言——害我嚇得像白雪偶爾會演出的那樣『維持坐下的姿勢全身跳起來』了。

不過她那句話的意思似乎是要我看她畫完的圖，讓我平安度過危機……

於是我輕咳一聲，華麗掩飾內心的動搖後，拿起蕾姬的蠟筆畫好好瞻仰。

在圖畫中，自然狀態下的璃璃色金——

（這形狀……總覺得好像在哪裡看過……）

我雖然想專心翻找自己的記憶，可是蕾姬接著又面朝我做出蹲坐在地上這種同樣煽情的動作，害我為了雜念傷透腦筋。妳就那麼想要讓我看到裙下風光嗎？

「這有多大？」

「直徑十公尺、高度三公尺左右。」

真大啊，可說是一塊巨岩了。不過從蕾姬用『直徑』這樣的詞來表現也能知道，那物體大致呈現圓形……也就是被壓扁的圓錐體。只有中央部分稍微凸起，感覺像一頂帽子，或是──

「──斗笠。」

我不禁把腦中想到的東西脫口而出。

不是雨傘，是斗笠。也就是古代日本人戴在頭上擋雨避雪用的斗笠。有點像時代劇中經常會看到的那種市女笠。

然後，這個形狀……

跟我小時候在白雪老家──星伽神社看過的星伽家家紋──『五芒星陣笠』中的斗笠形狀完全一致。

形狀會完全一致到這種程度……想必不是什麼偶然。

星伽神社自古以來就跟緋緋色金有關係。原來家紋中那個不是什麼斗笠，而是不知在哪裡看過自然界中的原始色金而畫在上面的啊。

GⅢ的部下們幾乎都還在放假的隔天早上……

我請安格斯幫我把從51區奪來的瑠瑠色金中一部分用表面覆蓋處理──也就是所謂的電鍍同化到我的蝴蝶刀上。以前因為緋緋色金的影響而呈現紅色的這把刀，這次變成微帶藍色了。

我預定今天帶著這把色金短刀飛往倫敦。

雖然我很想打電話向亞莉亞報告一下這幾天發生的事情，但聽說美國的通話毫無例外都會被美國國家安全局（ＮＳＡ）竊聽的樣子——於是身為前局員的馬許立刻出面幫忙，把一段意思為『瑠瑠色金入手。預定今日下午抵達倫敦。不用回信。』的武偵祕文……也就是暗號文郵件進一步電子暗號化之後寄出去了。

正當我在借住過夜的那間GⅢ專用閣樓整理行李的時候……

「喂，老哥，我可不敢保證你能不能順利入境英國喔？畢竟你好像被英國政府列在危險武偵名單的B上位等級了。」

GⅢ吃著慣例的番茄，告訴我這樣一件對我來講不太方便的情報。

「拿掉了『準』字從C變B還從下位升格為上位啦？變得這麼偉大，真讓我高興到想哭了。」

「所以說，你就變裝一下，搭民航機偷渡入境吧。這是我幫老哥準備的偽造荷蘭籍護照。」

聽到**荷蘭籍**就讓我有種不好的預感，結果打開他遞給我的護照一看……

哇～好漂亮的美女照片啊～

「——這不是克羅梅德爾的護照嗎！為什麼你會知道啦！」

「佩特拉告訴我的。喂！等等，別揍我！就算荷蘭人的臉書上貼了好幾張照片，要合成為正面照片可還是費了我們一番工夫啊！」

騎到身上揮下亞莉亞式憤怒鐵拳的我，以及在鐵拳制裁下意外拚命防禦的GⅢ——真是很有遠山家風格的道別儀式。

安格斯偷偷告訴過我，GⅢ除了本來的正義夥伴工作，另外似乎也為了對莎拉博士的事情另尋新路而打算前往亞洲某處的樣子。

而我本身也不想繼續拖累這可愛——其實一點也不可愛啦——的弟弟。因此這對兄弟搭檔，就在今天暫時解散了。

多保重啦，GⅢ。

似乎是因為麗莎在日本跟佩特拉多嘴的關係，連『克羅梅德爾很小氣』這樣的角色設定都知道的GⅢ&安格斯……幫我向一家叫『easyJet』的廉價航空公司訂了飛往倫敦的班號共掛班機。

而不知道這家航空公司是採取全機自由席的克羅梅德爾小姐，讓好位子全部被爭先恐後登機的其他乘客搶走，結果只能坐到最後一排的狹窄座位。而且坐旁邊的魁梧加拿大男性不知道是不是在搭訕，很煩人地一直搭話。口渴跟機上拿水喝，結果竟然要錢，被收了兩美金。到底怎麼搞的嘛，討厭。

不過我這奮不顧身的變裝果然奏效，在倫敦史坦斯特機場入境審查時輕輕鬆鬆就過關了。我戰戰兢兢地拿出寫有『Speech handicapped. Please communicate with me by writing.（本人有聾啞障礙，請用紙筆交談。）』的便條紙給入境審查員的大哥看時，他還雙眼冒出愛心符號馬上ＯＫ了呢。

拖著從行李櫃檯領取的武器彈藥拖箱，身穿黑色風衣與俄羅斯帽，完全就是黑髮版梅德爾裝扮的我走在機場中……大概是被誤認為是什麼女明星，結果白人們紛紛對我投以憧憬的視線，實在有夠難受。明明遠山金次總是會被人罵作『陰沉男』、『廢材』的，為什麼克羅梅德爾就會被當成是絕世美女對待啦？啊啊，又有人拿手機在拍我了，不要這樣嘛。

趁著還沒染上跟大哥同系統的奇怪屬性之前——

我在旅客不算少的這座鄉下機場內趕緊換裝了，而且還是抓準沒有被人看到的機會快步衝進男生廁所裡。我到底犯了什麼罪必須這麼委屈啦？

就在我把假髮啦、長靴之類的玩意塞進垃圾桶後，連上英國一家叫０２的電信業者訊號的手機——忽然響起松方弘樹的〈櫻花開時〉歌曲前奏。有人打電話給我了。

國碼是＋４４——英國國內打來的。畢竟這國家的數位通訊線還算安全，於是我接起手機回應：

「——亞莉亞嗎？」

『是我。』

是華生。

「搞什麼，是華生啊。妳也在英國？」

『居然說「搞什麼」也真沒禮貌。要不要我直接掉頭回去算了？』

緊接著她這句話後，叭叭！

隔著電話傳來汽車喇叭的聲音。意思是她開車來接我了。

於是我按照她在電話裡的指示，從沒什麼設施的機場內來到寬敞的旅客接送處——

便看到把身體靠在一輛敞篷車上、穿著深藍色西裝的華生對我拋了一個媚眼。

這邊是男扮女裝，那邊是女扮男裝，真是討厭的混亂感。

「又是911，妳還真喜歡保時捷啊。明明那車燈看起來就像青蛙眼睛。」

「就是那樣才可愛呀，遠山都不懂品味。」

聽到愛車被嫌的華生像青蛙一樣鼓起腮幫子，不過也因為跟我順利會合而感覺鬆了一口氣的樣子。

「機場裡人好像莫名地多啊。」

「嗯，有點不幸。最近倫敦市內正要舉辦國際熱氣球大賽，所以人會很多。比賽相關人物陸陸續續在入境呀。」

華生一邊如此閒聊，一邊把車子開上高速道路……在路上也提到我決定過來倫敦之前，亞莉亞就有向華生請求過救援的事情。

就跟我在美國請GⅢ和蕾姬他們幫忙的狀況一樣。

看來……關於梅露愛特的事情，亞莉亞也不太順利的樣子。

不過華生畢竟是英國出身，以人選來講是最佳選擇。雖然這是向極東戰役關係人請求協助，但「跟梅露愛特對話」這樣的溫和行為應該不算違反停戰協定吧。

「亞莉亞會請求協助，代表她進行得不順利嗎？」

「我也才剛抵達這裡而已，不過似乎是那樣沒錯。她好像還沒跟梅露愛特見到面，而且又被捲入麻煩的事情中……」

「她到底在搞什麼啊？就算時間上還很充裕，她居然那樣拖拖拉拉的……然後呢？那位亞莉亞本人現在在哪裡？」

「呃……她被抓住了。雖然並不是被逮捕的意思啦。」

「誰啊？竟然能夠把亞莉亞抓住關起來，真希望對方也能教教我方法呢。基於我安全保障上的理由。」

「呃，這個嘛……」

「是醫院嗎？」

是因為亞莉亞變成鬼的事情曝光，然後被什麼研究所當成新品種的人類抓起來了嗎？感到有點擔心的我如此試探了一下，但……

「不，不是。」

華生搖搖她剪成短髮的頭，散出像肉桂的香氣。

「不然就是，ＭＩ６——英國情報局祕密情報部嗎？畢竟那些傢伙在東京跟我們打過一場。能夠二話不說把亞莉亞抓走，代表他們派出了００系列對吧？就是妳之前提過的詹……」

「——別說了，遠山！」

我的話講到一半，忽然被華生慌慌張張打斷。

「這裡可不是日本，別在英國國內說出那個名字。光是發言就很危險的！尤其是你。」

她甚至把一隻手放開方向盤，摀住我的嘴巴……

我也只好閉嘴了。

「他們擁有 Murder License——『殺人執照』，能夠自行判斷殺掉他們認為在國防上、外交上對英國有害的非英國人。而你在這裡是外國人，只要隨便找個理由，他們隨時都可以殺掉你。無論在法律上，或是——雖然這點我不太想講——在**戰力上**也是。就算只是因為『你說了我的全名』這樣的理由而殺掉你也是沒問題的。他們就是能夠辦到這種事，是超人中的超人。關於這方面，你自己要做好危機管理呀。」

曾經和狂怒爆發下的我打得不分軒輊的華生……居然一臉嚴肅地說到這種程度。

ＭＩ６的特戰隊·００系列原來有那麼強啊。

看來那群傢伙是世界最強諜報員的傳聞是真的。

而且正如華生所說，這裡並不是日本。是即使在我國不通用的慣例或法律也能橫行無阻的外國。我還以為自己已經很習慣國外，但看來我一時大意了。

凡事在開始感到習慣的時期是最危險的。我要小心點才行。

（話說回來，能夠抓住亞莉亞的人物究竟是……）

總覺得因為剛才這段話讓原本的話題被岔開了，不過聽華生的口氣，似乎也不是MI6的樣子。那究竟是誰？

……這次似乎也讓我有種不好的預感啊。

我們從北側進入倫敦市內後，華生將她的保時捷停在一條叫 Grosvenor Road 的雅致大道邊。

倫敦的街道比起巴黎或紐約來得乾淨，傳統歐洲風格的建築物與現代大樓的比例也恰到好處。

車道跟日本一樣是左側通行，因此我在跟華生一起過馬路的時候也比較不會感到不安。

再加上天氣晴朗，讓我對這座城市的第一印象還不差。

華生帶著我左轉進入一座叫 Aria Gardens——中規模的公園後，坐到一張可以欣賞玫瑰與梔子花園的長凳上，拿出午餐給我吃。

是起源於英國的輕食——一竹籃的手製三明治，以及裝在保溫瓶的紅茶。這傢伙的女子力越來越高了嘛。

「……謝謝。話說這公園整理得還真是整齊漂亮，加上好天氣，讓人心情不錯呢。不過這名字取得不太好，居然叫什麼 Aria Gardens。」

我喝著暖呼呼的阿薩姆紅茶，露出苦笑後……

「那也是沒辦法的，畢竟這是亞莉亞擁有的公園呀。」

聽到華生說出這種話，害我把滿嘴的紅茶都噴了出來。

「那、那傢伙……居然還有公園啊？」

「雖然在倫敦市內只有一座而已。根據時段會像這樣開放給市民進來。」

好強啊～亞莉亞好強啊～

話說，『擁有一座公園』這種感覺，我完全無法理解。

「福爾摩斯家到底是多有錢啦……」

「不，這種程度以亞莉亞將來會繼承的財產來看只不過是像顆糖果而已。只要被認同為正統的繼承人，她就能獲得倫敦內好幾件不動產，還有里奇蒙區的豪宅。現在她名下達特摩爾的領地也會擴大，同時獲得在那裡的一座城堡。」

……豪宅、領地、城堡。簡直就像古早少女漫畫中描寫的夢想世界。

然而華生看起來並不是在跟我開玩笑。

英國就是一個至今還沒完全捨棄那種中古世紀價值觀、很重視保護傳統文化的國家。

「不過，關於這點還很不確定。我想你應該也有稍微聽亞莉亞提過，福爾摩斯家還沒有承認亞莉亞是正統繼承人。因為初代夏洛克．福爾摩斯流傳後世的都是他身為偵探的事蹟，所以福爾摩斯家是以傳統的偵探業權威身分受到世人信賴。也因此，認為如果讓亞莉亞成為繼承人……會破壞這項傳統與信賴的『偵探派』在福爾摩斯家的關係人之中占了絕大多數。偵探派推崇的是亞莉亞的異母妹妹、推理的天才兒童梅露愛特，希望讓她來繼承福爾摩斯家。」

原來如此……這也很像英國人守護傳統文化的作風。

而且亞莉亞的確是把自己的能力點數全都點在武力上，要是讓她繼承家業，偵探業老店・福爾摩斯家的業務型態想必也非變不可了。這種狀況不難想像。

「希望我這樣講，身為日本人的你不要覺得不舒服。不過亞莉亞有四分之三的血統是日本人，因此也有人不喜歡她這一點。相對地，梅露愛特因為母親是英國人的緣故，日本人的血統只有四分之一。」

哦～在漸漸邁向國際化的世界中，這個國家還在講那麼保守的言論啊？

像我的狀況，弟弟妹妹都是美國人，大嫂是埃及人，到最近哥哥甚至連性別是什麼都讓人有點搞不清楚了呢。

「然而，時代是不斷在革新的。認為應該讓亞莉亞成為正統繼承人，福爾摩斯家也應該改變的『武偵派』雖然少數但確實存在。而我也贊同他們的想法，希望你也是這樣想。」

看到華生拿著起司三明治、翻起眼珠看向我這樣說……

「我的個性或許也很保守，不過我認為還是讓長女繼承，麻煩會比較少啦。」

於是我吃著火腿三明治，姑且表示同意了。

話說……亞莉亞那傢伙，說什麼『我一直被福爾摩斯一族當成「空氣」』，講得自己好像悲劇女主角一樣，可是她甚至擁有自己的公園跟土地不是嗎？看在平民眼裡，別說是什麼「空氣」了，她根本就是個超級千金大小姐嘛。

不過，唉呀……現在應該是說她在貴族中的立場很難受的意思吧。

這方面我也不應該用平民的角度來判斷就是了。

「話說回來，那個叫梅露愛特的究竟是怎麼樣的女孩子？」

我有點把話題岔開似地如此詢問後……

「我也沒有見過她本人，不過有調查過。總之是個腦袋精明的推理天才兒童，被稱為是夏洛克・福爾摩斯再世。個性文靜有氣質，長相可愛，深受王族與各地貴族的信賴。」

「腦袋好、個性文靜、有氣質，是嗎？簡直和亞莉亞完全相反嘛。」

說到這邊，我才想到這句話要是被聽到，我搞不好還沒被ＭＩ６盯上就會先被亞莉亞殺掉，而趕緊轉頭環顧四周……

「反過來說，也代表她並不是像亞莉亞那樣健康的孩子。在這點上，偵探派的人也有考慮過萬一梅露愛特在健康上發生什麼問題，就要重新扶正亞莉亞。也因此，亞莉亞不管做了什麼都不會正式被斷絕關係啦。」

聽華生說到這邊，我才總算開始搞懂了。

貴族中所謂的『家』，是擁有極高的品牌價值、龐大資產與不動產──有點像一間『公司』的存在。而對於事業夥伴或受雇者……也就是公司員工們來說，公司，也就是

『家』的存亡是非常重要的問題。他們不希望福爾摩斯家沒落消滅。

因此比起公司重職——也就是一族中個人的幸福，他們更重視要怎麼讓這個家存續下去。簡單講，這場福爾摩斯家的繼承問題，就像是執行董事亞莉亞和常務董事梅露愛特之間的派系鬥爭。而現任當家的存在有如在雲端上看不見的狀況，也跟一流公司的社長是一樣的。

「梅露愛特同時也是個守護貴族品格的女孩，因此不會輕易與人會面。可說是真正的深閨大小姐。」

「據我聽說的形容，光是見個面都很難的樣子……」

「不，可是——如果是你，她或許會願意見面也說不定。」

聽到華生這樣說，我臉上不禁露出「？」的表情。接著……

「姑且不論家族的問題，梅露愛特個人似乎非常喜歡亞莉亞的樣子。只要跟亞莉亞有關的物事，她都很有興趣。因此既然你是她姊姊的搭檔，也許她會願意跟你見面。然而，她既不是像亞莉亞那樣破天荒的類型，也不是像我這樣擁有假平民身分的類型，而是名副其實的貴族。即便是你，想跟她見上面應該也要花上一段時間。申請手續的部分我會幫你處理，你就暫時等一下吧。」

「了解。反正這件事感覺也沒那麼簡單，我就在等待的這段期間稍微習慣一下倫敦好了。畢竟之前在香港跟荷蘭，我就是因為不習慣當地而吃過很大的虧啊。」

對於亞莉亞的祖國．英國也是——

在來到當地親眼見識之前，我的印象一直是大家都戴著紳士帽，手拿拐杖呢。

不過現在放眼望去，其實就跟法國、比利時或荷蘭一樣，是個『現代歐洲國家』的感覺。

就像華生以前說過的，在歐洲的『國』很像日本所謂的『縣』……這樣形容或許有點誇張，不過國與國之間就只有像關東啦、東海啦、關西之類『地方』的差異而已。

但那些文化之間還是存在微妙的不同。我在校外教學Ⅱ還有那個補考的時候已經學習過，抱著輕忽大意的心態可是會翻船的。

就在我感受著這樣有點像留學的心情時……

「呃～那我們差不多出發去見亞莉亞吧。雖然我不知道能不能跟她好好見到面，不過就去試試看也好。只是，就算見到了面，你也別太激動喔？」

華生有點若有深意地對我如此說道。

「？」

「畢竟你……以前遇到類似的情境時，就像變了個人一樣很恐怖地對我猛攻猛打呀。但這次你必須要把那個封印起來才行。絕對。」

我對華生猛攻猛打……？

是說我在天空樹上變成狂怒爆發時的事情嗎？

搞什麼，這下我真的有種不好的預感啦。

後來，華生不斷確認時間、開著保時捷帶我抵達的場所……
是我在電影或照片中經常看到的觀光勝地——白金漢宮前。
這裡是伊莉莎白女王居住的真實王宮，可以看到戴著毛茸茸黑長帽的禁衛隊士兵架著裝有刺劍的步槍守衛在周圍。
根據華生形容，這座宮殿的占地面積有三萬平方公尺以上。住在裡面的不只是王族，還有幾百名的工作人員，因此房間數量多達七百七十五間。裡面甚至有舞廳、音樂廳、美術館和圖書館，都讓人搞不懂這到底算什麼建築了。
宛如裝有金穗的長槍組成的鐵柵欄對面，可以看到一整片經過細心整理而美麗動人的庭園。即使是缺乏美感意識的我，都忍不住會想要買張庭園照片的明信片當紀念了。不愧是世界有名的王宮，和其他建築物的格調就是完全不同。
就在我一如日本人的習性，拿手機拍完照片後……
「喂，華生，我是很感謝妳帶我觀光，順便可以熟悉地理環境啦，但我有話要跟亞莉亞說。我是不知道她被抓到哪裡去了，總之妳快點讓我跟她見面吧。」
我彷彿是被從剛才就一直湧上心頭的預感催促似地說道，結果華生她……
「所以我才會帶你來宮殿呀。遠山，**你已經不能見到亞莉亞了**。不過，如果是以非正式的場合在這裡偶然見到面，或許還可以。我調查過公務預定表，算準他們回來的時間。他們一定很快就……」
「搞什麼啦？妳從剛才就一直在跟我賣關子，差不多也該告訴我謎底了吧？我會好好賞臉大笑一場啦。如果妳知道就快點跟我說，亞莉亞到底在哪裡？」

「現在亞莉亞平時都在這裡呀。」

華生說著——

伸手指向白金漢宮。

也就是王宮。

「啥？」

「呃……考慮到你跟亞莉亞之間的關係，這件事實在很難啟齒……」

「好，好，我知道了，華生。妳真是個有趣的傢伙。那我這就去見她一面。」

有點火大的我抱著向遲遲不肯招供的華生表達諷刺的心態，胡鬧地走向王宮的鐵柵欄。然後就在我把手腳攀上柵欄，作勢要翻越過去的瞬間——

逼——————！

「……嗚……！」

聽到一名禁衛士兵吹響哨子，其他衛兵們紛紛臉色大變、蜂擁過來。

其中一人忽然冷不防地抓住我的衣領，把我從柵欄上一把扯下來。幾乎在同時，另外兩、三人——不，將近十人舉起L85步槍，用槍托狠狠揍向我……！

「遠山！」

「嗚喔……！」

雖然我想反擊，但我也很清楚要是我現在拔槍，真的就會被他們殺掉了。這些士兵——是帶著真正的殺氣在攻擊我！

有如在證明這件事情似的，其中有幾個人甚至把Ｌ８５的槍口對準了我的腦袋。

——搞砸啦。因為這地方就像觀光區一樣，我不小心就闖禍了。

真的被揍之後我才明白，這裡以日本來講就是皇居。即便只是開個玩笑，但對於做出要入侵內部行為的我，這些禁衛士兵是不會手下留情的。

只是因為他們的打扮像在角色扮演，讓我一時大意了。但這些人在日本來講就是皇宮警察，是經過選拔出來的菁英士兵們啊。

即便是一對一單挑，不是爆發模式下的我也根本沒有勝算。

就在他們十人齊手對我集中攻擊的時候——

「快住手！他只是個無知的外國人，不清楚這裡是什麼地方而已！他只不過是覺得這裡很漂亮，所以想進去看看罷了！我會以朋友的身分好好告誡他！所以別殺了他呀！」

華生用英文對衛兵們如此大叫，並介入我們之間。

多虧如此，他們總算沒再繼續揍我了。但還是把我像破抹布一樣踩在腳下，用槍指著我……而就在這時，我的視野看到……

緩緩地，一圈金色的車輪——

一輛天藍色的車停到我們旁邊。

是英國最高級的轎車——賓利 Arnage。

對於那輛車會在這裡停下來的事情感到驚訝的衛兵們，紛紛露出慌張的表情面面相覷後……一個接一個地把腳或是槍托從我身上移開。

然後所有人一起急急忙忙地對那輛車做出最高級的敬禮姿勢。

就連華生也很慌張地轉身面朝車子，把手放在胸口彎腰鞠躬。

（怎麼回事……是、誰……坐在那輛車上……？）

頭破血流、意識朦朧的我依舊趴倒在地上——

結果一名士兵忽然抓住我的頭髮把我拉起來，強迫我跪到地上。

而我打算順勢站起身子，卻被跪在我旁邊的華生制止了。

「遠、遠山！跪好不要亂動！把頭低下去！這、這輛王族用車是——」

就在華生說到一半的時候……

車門「喀」一聲被打開。

伴隨一股梔子花香氣，從車內走出來的是……

（亞……亞莉亞……？）

身穿閃亮亮的色丁禮服，以及一點都不適合她的高跟鞋的——

亞莉亞。

「——金次！」

瞪大紅紫色雙眼發出娃娃聲的亞莉亞，也不管一旁的衛兵們，跑過來扶起我的身體。

「……亞莉亞……妳……打扮成這副德行，是在、做什麼啦……」

「我才想問你在這種地方做什麼呢……！我是、呃、那個……現在遇到了一點複雜的狀況啦……！」

看到我的臉被打成像章魚一樣，亞莉亞趕緊拿出一條絲綢手帕幫我擦掉鮮血。

從她背後的賓利車中──

一名身穿白色西裝、天藍色圍巾的男子現身了。

一頭金髮與一雙碧眼漂亮到彷彿會被人畫在基督教宗教畫中的程度。肌膚白皙，體格健壯。端正的姿勢讓人可以知道他是個平常走路就抬頭挺胸、神氣昂揚的男子。

看到亞莉亞露出複雜的表情抬頭望向那名男子……

「你、是誰……」

我不禁對他如此呢喃，結果……

「遠遠遠山！快把頭低下來！這、這位大人物可是──克利夫蘭公爵・霍華德王子呀！」

聲音發抖的華生在我耳邊大聲斥責。

……王、王子……？

「──行了、行了。起身吧，華生卿。」

露出爽朗笑臉、整齊皓齒的──霍華德王子……

「畢竟余跟康瓦爾公爵或劍橋公爵不一樣，鮮少在國外媒體上露臉。遠國的平民會不認識余也無可厚非，而且不被認識余也比較輕鬆啊。你們也別做得太過火了。噢噢，前來瞻仰吾國的重要觀光客，這不是被鮮血泥沙給弄髒了嗎？」

說著，對禁衛士兵們輕輕揮了一下手指。

只不過被他稍微指責一下，衛兵們便紛紛臉色發青，趕緊把我扶起來，幫我拍掉身上的泥沙，又用手帕擦拭血漬，態度可說是一百八十度的大轉變。

不過，這下可以確定……

看來這傢伙真的就是英國的王子。

好年輕。雖然看起來比我年長，但也沒差幾歲。應該二十歲出頭。

「你就是亞莉亞提過的金次吧？余就重新自我介紹一下。余是**英國**。」

原本想輕輕拍我肩膀，又大概因為覺得髒而收手的王子這句發言——

雖然帶著開玩笑的成分，但也不全是玩笑話。

就像以前亞特拉士自稱『I'm U. S. A.』一樣，美國是屬於美國國民的國家——而姑且先不講正式名稱，這裡可是英格蘭**王國**，是屬於王族的國家。

「唔，余聽說你是在日本與亞莉亞並肩戰鬥過的男人，原本還以為應該更強壯的說。」

「亞莉亞……王子，為什麼你會和亞莉亞在一起？」

總算可以站起身子的我，用手壓著被毆打的腹部如此詢問。

結果王子卻沒有回答我……

「真是難聽的美式英文啊。」

反而對我說的英文嗤之以鼻。

不過我並沒有當場生氣。因為王子的英文聽在我耳裡也知道是非常標準的英式英文。想當然，一點腔調都沒有。

相對地，我的英文是靠『猾經』從好萊塢電影學來的粗俗美語。實在無從反駁。

「雖然余很想跟你握個手當作紀念，可惜那滿是細菌的手余可不能握。畢竟這是有一天必須背負國家的重要身體。啊啊，別太靠近余，會髒的。」

該說他打從剛才就一直在挖苦我嗎——

總覺得他對我抱有一種莫名的對抗意識啊。到底在搞什麼？

或許是想遠離感到火大的我，王子接著走回車旁。

然後將手肘靠在賓利車上，悠悠哉哉地眺望著我們。

被留在原地的亞莉亞則是有點快嘴地用日文對我說道：

「金次，我可不是忘掉了緋緋色金的事情喔。畢竟那是我自己的問題，而且你也那麼拚命地為我做了很多呀。」

「那妳為什麼會跟那種傢伙跑去兜風啦！梅露愛特的事情怎麼了？」

看到我把天生就很凶的眼睛瞪得更凶，亞莉亞「那是、那個」地結巴起來……

於是華生用日文代替她回答我了。

「遠山，亞莉亞在回到英國的那天，受到了倫敦警察廳的熱烈歡迎。然後當時因為公務偶然在場的霍華德王子——知道亞莉亞為了個人問題在煩惱，便表示願意助她一臂之力。而聽亞莉亞說她無法說明詳細的狀況後……王子提出了讓亞莉亞成為自己底下的人、賦予她R級武偵位階的提議。」

R級武偵——王（Royal）的武偵。

那是全世界只有七個人、直屬國家元首級人物的武偵。

其地位比武偵業界最高的S級還要高，可說是超最高位階……

「亞莉亞，妳快回去霍華德王子身邊！只要妳成為R級武偵，就能擁有超越法規的特權。或許也能越級直接讓日本政府幫忙，釋放妳的母親大人。關於色金也是，能夠採取一口氣解決問題的行動。所以別讓王子大人不悅，快點回去！」

正如華生如此拚命所說的……

這搞不好是亞莉亞自己在英國抓到的一個大好機會。

她能夠借助世界最高級權力者的力量，從困難的狀況中一口氣人逆轉。她真的是每次都會做出超越我想像的行動啊。

「我、我起初也是這樣想的。可是……到晉升R級為止還算好，但後來的狀況發展又變得有點奇怪呀。」

「我也已經隱約發現了。不過那件事妳就想辦法含糊過去。遠山雖然好像還沒察覺，但我會跟他好好說明的。」

「華生妳喔，不是自己的事就講得那麼輕鬆——啊啊，真是的！金次，我可不是在偷懶好嗎！在處理這件事的同時，我也是有嘗試聯繫梅露愛特，拜託安潔跟她見到面了。」

嬌小的肩膀上別了一朵花飾的亞莉亞依序看著華生和我，急忙說明。

「安潔是誰啦？」

「安潔麗卡．斯坦，我在倫敦武偵高中時代的戰姊。可是，她在跟梅露愛特對話之後的隔天好像就下落不明了。」

亞莉亞信賴的那位S級戰姊……

光是見面講個話，就被梅露愛特消除了嗎？

亞莉亞在東京說過，梅露愛特擁有高水準的教唆術。只是靠講話，就能操縱對方的思考跟行動。

而那位安潔麗卡因為不讓梅露愛特滿意，就被操縱思考趕走了。

「亞莉亞，安潔麗卡在自由石匠總動員下，剛才已經被找到了。聽說她潛進冰島一座危險的間歇泉中挖黏土，被熱水噴到高空摔下來後又反覆同樣的行為。口中說著『沉睡在這裡的鑽石全都是我的東西！』之類的話，不管誰勸阻都聽不進去的樣子。」

安潔麗卡小姐在做什麼啊？

該說是戰姊妹物以類聚嗎？笨的地方很像呢。

「那應該是梅露搞的鬼。安潔那邊就暫時先放棄吧。不過金次，你應該還不理解這個國家的事情，所以讓我好好告訴你。在英國，王家、貴族家全部合起來就像一間世界最大級的企業集團，王子是總公司家的公子，而我只是不起眼的分公司社長家的女兒。面對王家，貴族家是無從反抗的。」

輕易就把戰姊切割掉的亞莉亞，用類似我剛才自己想的比喻方式對我說明狀況。

看來即使是字典中『天上天下唯我獨尊』的解釋欄中感覺都會寫上『即亞莉亞』的這個亞莉亞，在階級社會國家．英國中——也無法反抗身分地位的樣子。

「余不解日文！此後用英文交談！」

這時，霍華德王子忽然從車子的方向介入對話……

「不用猜也知道，你們應該是在講余和亞莉亞的事情。金次，看在愛上同個女子的份上，就讓余告訴你一件事。余打算——讓亞莉亞以R級武偵的身分累積資歷後，將來成為余的妻子。」

聽到霍華德王子的發言，亞莉亞嚇得雙馬尾都跳了起來……

「……嗚……嗚……！」

然後不是顧慮王子，反而先顧慮起我的臉色。

「她雖然是個在爵位上不算優秀的女人，不過只要升為R級累積武勳——周圍的人也會接受的。現在只是暫時在做表面工夫，畢竟身為王家最重要的就是面子問題啊。」

大概是對亞莉亞剛才的動作感到不滿的緣故，王子窮追猛打似地繼續說著。

雖然他好像對我和亞莉亞之間的關係有部分誤解，不過我這下搞懂了。

所以他才會從一開始就那麼討厭我啊。

（霍華德他……對亞莉亞一見鍾情了。真是個奇怪的傢伙。）

但畢竟亞莉亞——只論外表的話，的確像個洋娃娃一樣可愛。

他大概因為這點就喜歡上亞莉亞了。

不過王子，你跟這種人結婚，只會踏入人生的墓園喔？

這可不是什麼譬喻，是真的會被送進墓園啊。這個沒見過世面的傢伙。

「另外，關於這件事福爾摩斯家也表示贊成。余要說的就這樣。亞莉亞，過來。」

霍華德的口氣聽起來就像是已經把亞莉亞當成自己的手下了。

這傢伙想必在過去的人生中，不管什麼東西只要自己喜歡，就算是別人的搭檔也照搶不誤——而且覺得這樣是理所當然的吧？

畢竟講到王族，就是頭上沒有別人、堪稱權力者中的權力者。

然而對於那樣的霍華德王子……

「那、那個！」

亞莉亞總算轉身過去，卻又一直瞥眼偷瞄我。

幹什麼啦？

那種你們貴族社會怎樣怎樣、結婚怎樣怎樣的事情，已經跟像我這種平民外國人的區區一介高中生沒有關係了吧？

「關於那件事，就如剛才我說過的，我已經訂有婚約……」

出現啦，亞莉亞的婚約者。這麼說來，好像有這麼一號人物呢。雖然自從我竊聽她和華生的對話知道這件事情之後就沒再聽說過了啦。

明明是個矮冬瓜又貧乳，不過其實亞莉亞很受歡迎嘛。

總覺得……這樣一想，我就莫名地有點不爽。

我也不知道是在不爽什麼，但就是有種想隨便找個對象出氣的感覺。

「那種婚約廢棄掉。」

霍華德王子有點自戀地照著車子的後照鏡調整自己的髮型跟領帶，同時若無其事地說出這種話。唉呀，照那傢伙的個性，會這樣講也不意外啦。

結果亞莉亞她──

又再度莫名其妙轉頭看向我，用『你也說說什麼吧！』的眼神瞪過來。

哦～因為對婚約廢棄命令感到不高興，就先下手為強找我出氣是吧？

既然妳要找碴，我就奉陪到底。

「──有什麼關係？那種婚約，妳就廢棄掉啊。」

心情變得不太好的我嘟起嘴對亞莉亞這麼說後……

亞莉亞頓時露出彷彿會『噹──！』地發出音效似的受挫表情。

為什麼啦？這讓我又更不爽了。

然後，她的眼眶一口氣盈滿淚水──

我心中霎時又湧起一股莫名其妙的罪惡感。但是誰理妳啊？

「只要跟王子大人結婚，妳就是公主了不是嗎？嫁到富貴人家，很棒啊！」

變得口無遮攔的我，繼續對亞莉亞說出奇怪的氣話。

結果表情看起來像遇到世界末日的亞莉亞雙手摀著臉，差點當場哭出來……不過還是靠她的自尊心忍住了。

接著——用盈淚的雙眼狠狠瞪向我……

「哦～你不在意就是了。」

跟我一樣用惹人生氣的講法丟下這句話後，踏踏踏！

邁大步伐衝進霍華德的賓利車，「磅！」一聲把車門關上了。

被衛兵們又揍又踹造成的傷害，也頂多像蘭豹中等程度的虐待訓練而已。

雖然全身到處隱隱作痛，不過……胸口莫名其妙的刺痛？反而比較嚴重。

另外……

比起我，在入侵白金漢宮的行動上，學妹還做得比較好呢。這種輸掉的感覺對我的打擊也不小。

我會這麼說，是因為被衛兵們打趴在地上的時候，我其實看到了。

亞莉亞的戰妹——強襲科一年級的間宮明里把身體緊貼在那輛賓利車的底盤下。

那動作的確很像公儀隱密・間宮林藏——簡單講就是公家機關忍者的後裔。或許她很擅長這類行動。

雖然我不清楚也不想知道她詳細的心境，不過對亞莉亞異常崇拜的間宮……大概

是把霍華德視為什麼眼中釘，表情感覺隨時都會大開殺戒的樣子。我想是不至於真的會痛下殺手啦，不過她應該至少可以當亞莉亞的看門狗。所以這件事我就不再管了。

亞莉亞她……

只要能嫁入王家，不但可以解決諸多纏身的事件，也許還能夠對排擠她的家族還以顏色。不局限於那座小小的公園，未來甚至可能將整個英國都納入手中。

在回程的保時捷上聽華生說，霍華德王子在英國的王位繼承權是第八位。比他高齡的王子很多，因此他將來成為國王，亞莉亞成為王妃，甚至搞不好成為女王的可能性也不低。看來英國完蛋了。

至於王子本人嘛……姑且不談個性，外表長相是很帥氣，而且聽說又是個運動家，是全英國女子崇拜的男人。王家義務的兵役也已經服完，據說是在陸軍擔任炸彈處理隊員的樣子。雖然我很懷疑那個潔癖的男人是否真的做過那種工作就是了。

「……遠山，或許你很難受，但現在只能靜觀其變了。我雖然也會繼續嘗試與梅露愛特取得聯繫，不過如果事情順利，那方面的問題搞不好也可以靠王權獲得解決呀。」

華生這種像是在安慰我的口氣，也讓我莫名感到火大。

該死！為什麼我會這麼焦躁啦？因為天氣變差的關係嗎？

「不是什麼難受不難受的，我只是……」

「拜託你別露出那麼難受的表情。我們這些貴族是沒辦法反抗王族的。」

聽到她這次換成用同情的聲音如此說道……

「——我就說不是了啊！」

結果我忍不住對無辜的華生出氣似地大吼了。

接著，在開始飄起小雨的皮卡迪利圓環車站前的紅綠燈路口……

「夠了，在這裡放我下車。我會在這附近找地方住，要是梅露愛特方面有什麼進展再聯絡我一聲。」

我擅自打開停車等紅燈的保時捷車門，連一把傘都沒有就來到路上。

對有點在哭的華生對我說的話也充耳不聞，然後頭也不回，飛也似地衝進路旁的小巷中。

別說了。妳什麼都不用說了，華生。

我至今都是對自己的真心視若無睹，一路走過來的。

雖然過去有好幾次正面對抗強敵，與之戰鬥的經驗……

可是我一直以來都在逃避面對自己對亞莉亞的真心。

這一方面是因為體質上的理由，但更重要的是，我的腦袋非常清楚一件事。

即使去年在香港有試著逞強過，可是這次來到倫敦後，我又再次明白了。明白有身分立場的你們所承受的痛苦，以及那種事情對我這個除了開槍沒有其他長處的高中生來講——是根本無從解決的問題。

所以，妳什麼都不用對我說了。不用費心讓我看清楚自己的真心。

我以後還是會繼續避開那個問題活下去。不去正視它、逃避它、忍耐它然後活下去的。我想不管是誰，多多少少都會有這樣的一面吧？

而對我來講，那對象就是——亞莉亞那傢伙。就只是這樣罷了。

這個國家的雨不像日本那樣會「嘩——！」地傾盆灑下，而是有如充滿水氣的濃霧。

因此我並沒有特地撐傘避雨，可是走著走著，身上的衣服就在不知不覺間吸飽雨水而變得沉重起來。總覺得我很難適應這樣的氣候。

我之所以會離開華生——

其實一方面也是為了躲避政府當局。

華生和自由石匠有聯繫。要是我長期受她照顧，就算華生沒那意思，恐怕我的下落還是會被洩漏給倫敦警察廳知道。

包含讓優秀的幹員——亞莉亞到日本之後一去不返的原因在內，警察廳那群人似乎把我視為眼中釘的樣子。

而且我並沒有正式入境這個國家，萬一被他們發現，我會很麻煩的。

因此，我透過手機到旅館預約網站上，刻意搜尋評價較差的破爛旅社——也就是隨時可能關門大吉、不管任何房客都巴不得收留的旅館。

真不愧是大都市倫敦，我想要的旅館很快就找到了。

那是一間位於治安不太好的馬歇爾頓路地區、由中國人大叔經營的大型公寓十樓，俗稱的閣樓房。

我走在因為緯度比日本高的緣故，冬季下午五點就變得一片昏暗的倫敦街頭……

抵達那棟連電梯都沒有的旅館後，一名又肥又禿的人叔便帶著我走上樓梯。

「你是美國人嗎？淋溼成那個樣子，簡直像隻流浪狗啊。」

「別管我。我不能告訴你國籍也不能讓你看護照，讓我住一個禮拜左右。」

「那我就不管你了，不過你要先交個七百英鎊出來。」

七百英鎊……十萬日幣？

雖然我是有在機場的ＡＴＭ把歐元計算的獎學金提領出來了啦，可是會不會也太貴了？

「喂，我的確是個有內情不可告人的房客，但要是你趁機揩油，小心我斃了你。」

我入境隨俗地亮出貝瑞塔恐嚇大叔——但中國人就是天不怕地不怕的個性。而且這大叔又住在這種黑手黨很多的地區，大概是早就看慣手槍了，一點都沒被嚇到。

甚至還嘲笑似地對我說道：

「我知道了，你是日本的黑道對吧？那我就告訴你這個鄉巴佬，現在英鎊可是很貴的。不信用手機看看今天的匯率。」

於是我拿出手機一查……的確，對歐元價格也在攀高，運氣太背了。

「是夏普的手機啊，你果然是日本人。不過這下你知道我其實很有良心了吧？」

「好，好，我付就是了。但要是你敢通報我就殺了你，別太小看日本黑道。」

反正武偵和黑道也只有一線之隔，於是我將錯就錯地如此說著——

然後從錢包抽出大把大把的英鎊紙幣，塞到大叔的肥肚子上。

大叔接著丟下一句「你稍微學一下都會的上流英語吧。你的美語，比我還粗俗。」這種剛才好像也聽過的話，然後把鑰匙交給我後就下樓去了。原來如此，所以他一開始才會以為我是美國人啊。

在門鎖壞掉、開關都很費工夫的房門另一側，那間狹小的閣樓房間……因為就在鍋爐室的旁邊，明明是冬天卻熱得要命。

可是打開窗戶雨水又會灑進來，真是傷腦筋。

另外肚子也餓了。於是我來到位於公寓一樓的雜貨店……從什麼都很貴的食物中買了牛奶和穀物片。然後用閣樓房櫃子上的餐具吃了一下，有夠難吃的。味道簡直就像紙片一樣。

在室溫三十度的房間中，正當脫到只剩內褲一條的我晒著衣服的時候——手機忽然接到一封郵件。但不是寄到我手機的信箱，而是從武偵高中校內公開信箱轉寄過來的。

感到奇怪的我打開信件一看，寄件人是mamiyaakari@……間宮明里。

『因為學長好像發現我了，所以我報告一下。亞莉亞學姊負責護衛王子的工作時間是到下午五點，現在應該在出席王侯貴族的晚宴。之後好像會離開宮殿，寄宿在薩伏依酒店。霍華德對女性似乎也有潔癖，這一點可以暫時放心。』

這傢伙文筆真差啊。

也不寫清楚一點，讓人都搞不懂她想表達什麼。不過……

看樣子應該是想跟我合作監視亞莉亞吧。

但亞莉亞在哪裡做什麼，都是她私人的事情。跟我無關啦。

我是想不出來有什麼好暫時放心的，但至少身為亞莉亞跟蹤狂的閻宮似乎並沒有殺掉王子的打算。在這點上我倒是放心多了。

話說，亞莉亞大人在那棟華麗絢爛的宮殿出席晚宴是吧？怪不得她會穿那套閃亮亮的禮服呢。人家我可是只穿一條內褲，在閣樓房吃著像紙一樣的穀物片的說。哼！

（虧我還為了她大老遠從美國飛過來，真是有夠火大……）

但火大歸火大……

我並沒有把要幫亞莉亞從緋緋神化的困境中拯救出來的約定忘掉。

畢竟那是之前我正式從亞莉亞那邊接下的工作，而且萬一到三月底還沒完成，玉藻就會來追殺亞莉亞。就算緋緋神亞莉亞可以反過來打倒玉藻，但要是她接著用我不知道的方法引起戰爭，我也很頭大。

更何況……雖然我很火大……

但亞莉亞也很可憐啊。要是她的人格又被覆蓋的話。

畢竟我也經常被爆發模式的人格覆蓋，因次我非常能理解那份痛苦。

──『Help me.（救我。）』『I need you.（我需要你）』──

那天晚上，亞莉亞在溫室對我如此說過。因為害怕自己正一步步變成緋緋神。

不過在她對我這樣說之前，我也早就已經下定決心了。決定無論今後遇到什麼狀況，我都要永遠站在亞莉亞這邊，要成為她的搭檔。從那天開始。

不管發生幾次像剛才那樣的吵架狀況，這件事都不會改變。

所以，我會做給妳看的。哪管亞莉亞將來會成為誰的公主，我都要拯救亞莉亞。

今後不管發生多難受的事情，身為一個男人，決定好的事情就要遵守到底。

而且……

（我的身體也真老實啊。）

華生所擔心的狂怒爆發——當女人被其他男性搶走時會發動的爆發模式，今天並沒有發生。

看來現在的我，已經打從心底相信自己和亞莉亞之間的羈絆了。

相信那傢伙除了決定為搭檔的我以外，也一定不會成為誰的東西。

正當我躺在沒有床單的床墊上睡覺時，華生也寄了一封內容是『我叫了幫手來，告訴我你寄宿的地方』的郵件過來，於是我姑且告訴她這間閣樓房的住址後——在與梅露愛特見面的時間決定之前，我也只能留在這裡待命了。

因為待命期間沒什麼特別的事情可以做，所以我每天都在這天氣陰暗的倫敦觀光。

但畢竟我是偷渡入境的關係，頂多只能在附近一帶隨便繞一繞而已就是了。

跟五顏六色的磚瓦屋構成的布魯塞爾或阿姆斯特丹不同，這地方普遍都是外觀塗成白色、設計上帶有歷史感的大型公寓。

不過這樣的景觀看起來其實也算清爽而漂亮。而公寓一樓都有很多入口，裡面似乎很複雜的樣子。如果把這地方的屋子做成模型，內部構造應該會很精彩有趣。另外值得高興的一點是，因為招牌看板都是英文所以我看得懂。

（話說……加上英鎊升值的關係，這裡的物價真讓人頭痛啊。）

只要看看出國在外時的物價衡量標準——麥當勞的價格就能知道，倫敦的物價非常高。為什麼一份麥當勞的套餐會要價一千五百日圓啦？

但因為我實在不想繼續吃那個穀物片了，於是我找到一間附近居民常去的麵包店，每天都買一個大麵包分成早中晚三份，過著節儉的生活。

就這樣，到了待命第三天的早上……

我決定稍微奢侈一點，買了包有起司的麵包。接著從麵包店走出來後，在陰暗的天空下撞到了一名大概小學一年級、身體又瘦又有點髒的少年。

他似乎是含著手指在窺視麵包店，沒注意到從裡面走出來的我。

畏怯地抬起藍色眼睛看向我的金髮少年——

聞到我手中的紙袋飄出來的起司香氣，肚子『咕……』地響了一聲。

……他肚子餓了嗎？而且好像比我還餓。

嗯……

「唉呀，既然遇到了就算我衰吧。」

我用日文小聲呢喃後，把裝有麵包的袋子遞給那名少年。

少年一臉驚訝地從我手中接過麵包，表情看起來連開心或道謝的從容都沒有，就轉身跑進路旁的小巷中。

然後將麵包分給應該是他弟弟妹妹的小不點們，躲在陰暗處趕緊吃了起來。

（既然會有王族、貴族跟平民……想當然也會有乞丐的意思嗎？）

我是有聽說過英國是個階級社會啦，但或許在這國家只要出生貧窮就註定一輩子貧窮的樣子。

這樣一想，讓我不禁同情了起來。

但我現在也不是擔心別人的時候。到明天之前獎學金都不會發放下來，這下我今天沒東西可吃啦。可是把送給別人的東西搶回來也很難看。

……真沒轍。走路肚子也會餓，今天就睡一整天吧。

就在我這麼決定，而右轉準備回去閣樓房的時候……

「——Mooi！麗莎、麗莎打從心底感動萬分呀！主人！」

忽然有個人影撲過來抱住我的身體。

咦……！

這、這人、呃、不是麗莎嗎！她不是應該在日本嗎！

「為、為什麼妳會在這裡……！」

我一時腳軟差點往後倒下，結果麗莎就像跳交際舞似地扶住我的身體……

「是華生卿說『畢竟遠山缺乏生活能力，一定每天都只吃麵包而已。妳過來照顧他吧』，然後送給麗莎一張來倫敦的機票了。」

笑咪咪地對我如此說道。

「但沒想到連那個麵包，主人都願意分給貧窮人家的小孩——麗莎不禁感動得熱淚盈眶了。噢噢，麗莎的勇者大人真是個優秀的人物……！Heel mooi呢！」

頭戴草帽形狀的氈帽、身穿蓬袖長袖上衣與長裙，呈現冬季旅遊打扮的麗莎——抱著我不斷用帶有像楓糖般甘甜香氣的頭「沙沙沙沙沙——！」地磨蹭著我的胸口。簡直就像要留下自己氣味的貓咪一樣。

（……華生是有說過『叫了幫手來』啦，不過……！）

原來她是找了比較清楚歐洲生活、個性文靜不顯眼、即使違反停戰協定，平常也沒什麼戰力所以不會惹人挑剔的……麗莎是嗎？

不過，男人的獨居生活有個女僕照顧，的確是幫了很大的忙。

「我、我知道了，總之妳快點放開我。就算這裡是歐洲，也不要在路上做這種行為啦。快點放開。」

「呵呵呵！不好意思，因為麗莎一時太開心了……」

麗莎瞇起細長睫毛下有點溼潤、眼角微微下垂的翠玉色雙眼後……

聽從我的命令往後退下一步，輕輕捏起裙子對我鞠躬行禮。

因為那個動作……她那顏色比一般英國女性淡的金色長髮美麗地滑落飄逸。

「不過，女僕就是應該隨時陪伴在主人身邊。俗話說英雄好美人。只要勇者大人在平常疼愛正室大人與情婦等等女性之餘……也能讓麗莎陪在身旁，將剩餘的愛灌注給麗莎，麗莎就會真心感到幸福了。」

「……？」

就在聽不懂麗莎在說什麼，而姑且幫她把放在她腳邊石板路上的行李箱提起來的我……同時歪頭表示疑惑的時候，麗莎又趕緊把行李箱搶回去自己提了。

「據華生大人所說，主人最近都獨自一個人在這裡生活。想必您的身體也非常難受了。從今晚開始，只要主人有那個意思，敬請把麗莎當成便利的女人使用吧。麗莎必定會真心誠意、竭盡所能侍奉主人的。」

「……」

「這正是艾薇・杜・安克家代代相傳、勇者大人與女僕正確的相處方式。這麼做才是懷下寶種最快的方法呀。」

我將她一連串的臺詞中百分之九十六都用遠山式雜訊消除器當作沒聽到，並回應了一句「謝謝，只要有妳在，我的生活上就放心多了。」之後——

「是。雖然當家中有其他女性時必須退避一步才是女僕正確的行為，不過現在是久違的兩人獨處時間。請趁這個機會好好加油。」

我基本上別說是一步了，甚至希望女性能退避個一億步啦……

但麗莎露出不知道究竟要加油什麼的天使笑容緊緊跟在我身邊，讓我實在沒辦法把這種話說出口啊。

華生對麗莎這個人選的決定可說是正中紅心。那傢伙搞不好有當導演的才能呢。

首先，當麗莎看到我那貧瘠的寄宿旅社後……

「請不用擔心，不管主人變得多落魄，麗莎隨時都會跟著您的。」

她露出宛如聖母的麗莎式微笑說著好像有點失禮的話，然後用鍋子巧妙地煮熟她從日本帶來的白米。然後拿僅剩幾十便士的錢買來生雞蛋，做出柴魚飯糰與厚煎蛋，最後雖然是沖泡式的但甚至連味噌湯都準備好，端上閣樓房的餐桌。

「味道方面……請問如何呢，主人？」

「好吃，太好吃了。畢竟我從日本先是到美國又到英國來，好久沒吃到米飯啦。」

「白米還有很多，還想吃的話請不用客氣喔。」

看起來非常開心地端出料理的麗莎……總覺得額頭好像在冒汗。

哦哦，我知道了。這房間很熱啊。

都是因為隔壁的鍋爐室，讓室溫高達三十度。

褲子先姑且不說，至少我上半身只穿一件襯衫，所以還勉強可以忍受。但北國荷蘭出身又穿著冬季服裝的麗莎或許很難受吧？雖然她並沒有表現在臉上就是了。

而且吃飽飯後我才注意到，從流了汗的麗莎身上——

飄出了她平常那股楓糖系的甘甜香氣。

不、不妙。這甜膩又莫名誘人的氣味……

一旦開始注意，我每呼吸一口，爆發性的血流指數就感覺漸漸在升高。

為什麼女人只是流個汗，就會把周圍的空氣變得這麼甜、這麼不妙啦？

對我來說，女性氣味是很傷腦筋的好嗎！啊啊，腦袋開始變模糊了……！

然而，麗莎看來並沒有使用什麼香水之類的東西，因此這香氣應該是女性身體與生俱來的機能。要拿這點斥責她也很不人道，於是……

「……我說妳啊，別穿那麼熱的衣服，快點換掉吧。妳不是有帶換穿的衣服過來嗎？」

我為了暫時救急而如此說著，並伸手指向旅行箱。但沒想到這其實是個錯誤的選擇。

「唉呦，主人也真是的。現在還是白天喔？不過畢竟主人之前都是一個男人獨居──想必過得很難受。主人總算有那個意思了……麗莎真的、真的好開心呢……」

搞不懂是垂下眼角在傷腦筋，聽語氣是在生氣，還是臺詞聽起來很開心的麗莎……

接著那句莫名其妙的發言後，竟做出了把窗簾關上這種更莫名其妙的行動。

然後扭扭捏捏地……染紅白皙的臉頰，轉身望向我……

跪坐下來，「喀！」一聲打開放在地上的行李箱。這一連串的動作到底在搞什麼？

「……那麼，麗莎就在這邊換裝，好好侍奉主人了。雖然是個下女的身體，不過麗莎都有好好保養，請主人盡情欣賞……」

——說著，那玩意就唐突冒出來啦！

麗莎用雙手左右捏起、從行李箱中拿出來彷彿在遮住自己紅通臉蛋的、傳家寶刀——純白色吊襪帶！

「不、不對……！我是有叫妳換衣服沒錯，但不是那個意思！我是有說過換穿的衣服，但不是指那種東西！喂、等等！住手……！」

「……可是，正如主人貼心顧慮的，這房間很熱。麗莎的身體容易流汗，繼續讓主人看到這不堪入目的模樣總覺得很失禮呀。」

嗚哇！她竟然不聽從命令！

在狹小房間中無處可逃的我，眼角餘光看到她……噗、噗、沙沙……

……喂……！

麗莎解開鈕扣，把長袖上衣掀起來啦！而且還「麗莎，加油！」地小聲呢喃，好像在讓自己鼓起勇氣似的。

——彈呀彈……！

包覆在精緻荷葉邊與蕾絲裝飾的內衣底下、歐洲人尺寸的上圍勾到衣服被拖起，又因為重力回到原本的位置……

讓它的全貌都盡現眼前了。好、好大，是白雪．中空知．望月萌等級啊！

另外麗莎剛才的動作也讓我一瞬間看到了，在她胸部底下——乳房與身體之間，有宛如鑽石的汗水閃閃發亮。

原來女人只要胸部大，連那地方也會流汗啊。真是驚人的發現。

啊啊……她甚至「唰、嘰嘰嘰」一地拉開拉鍊，連裙子也……住手啊！

話說，雖然麗莎身上現在勉強還剩下內衣褲，但是她剛才的發言……

只拿出吊襪帶，一副『我要換上這個』的意思。

那玩意是只有胯上十公分處的半透明・超級迷你裙、套在大腿上的襪圈以及連接上下的襪帶而已的內衣。

換言之，那並沒有相當於內褲的部分。

難道說……呀哇！果不其然！麗莎把手放到她現在穿在身上的東西啦！

「不要脫不要脫不要把那個脫掉！妳是裸族嗎！」

「啊！請問是從上面比較好嗎？」

結果麗莎這次換成把手繞到自己胸口後方準備解開扣子。我已經到極限了。

「——嗚喔喔喔喔！」

我發揮出因為吃到久違的日本米而變得很有精神、早早就進入輕微爆發的血流力量，拔腿衝向窗簾的另一側。

然後不管三七二十一地打開窗戶，朝樓下剛好展開的厚布遮陽棚演出在英國首次公開的『遠山跳』。在遮陽棚上用力一彈，還以為會摔到馬路上……結果竟然用好端端的坐姿搭上恰巧經過的倫敦名物——雙層巴士啦。我是成龍嗎？

2彈　貝克街之星

麗莎的祖國——荷蘭除了地理位置外，文化上也是個像德英混合的國家。

因此她身為女僕的能力對倫敦的生活似乎也具有互換性，讓我從隔天貝瑞塔公司的獎學金發放下來之後，過得相當舒適。

麗莎不但因為愛乾淨而把房間打掃得閃閃發亮，還動了一點小工夫在窗戶裝上小小的五金釦，稍微留點縫隙讓風可以透進來調節室溫。她拿手的料理也改善了我的營養狀態。果然家裡就是需要一個女人啊。

另外關於服裝上，我嚴格禁止她全裸或是用類似全裸的打扮工作，並下令穿上她帶來的自製水手女僕裝。為什麼連這種事情都要一一命令才行啦？

「麗莎真是太幸福了。今天也能和麗莎的命運中人、勇者大人、主人兩人獨處。如果這時光能永遠持續下去就好了……」

到自助洗衣店洗衣服的時候，麗莎在店裡的破沙發上坐到我的旁邊，陶醉地呢喃著有點沉重的話。而且還不知不覺間把頭靠到我肩上、把身體壓過來，因此在物理上也有點沉重。

那宛如絲絹般的金髮又香得很要命，甜膩到讓我口水都湧出來了。

話雖如此，但畢竟平常都是我在依靠為我辛勤工作的麗莎，現在讓她依靠一下也不為過。

話說……因為考慮到要節儉的緣故，衣服是一口氣全部丟下去洗的。可是看著我的四角褲與麗莎的內褲在洗衣槽中纏在一起的情景，超害羞的。總覺得會變成一種心靈創傷啊。

就在我有點陷入鬱悶狀態的時候——

我的口袋中忽然傳出跟倫敦很不搭的演歌旋律。是華生打電話來了。

『遠山，總算取得跟梅露愛特會面的約定了。她說如果只有你，她願意見上一面。』

——來啦，我終於可以行動了。

「謝啦，華生。另外……上次真是抱歉了，總覺得我好像在找妳出氣。我有在反省。」

『呵呵！別在意。我覺得那時候的遠山也有點可愛呀。』

可愛的是妳吧？像妳現在的笑聲。

妳那樣遲早會被世人發現妳其實是個女的喔？

我雖然拜託華生在我攻略梅露愛特的期間照顧麗莎，不過麗莎堅持到我要見梅露愛特之前都要跟著我……於是當天傍晚，我們一起搭雙層巴士前往梅露愛特的家，結果她居然暈車了。

明明搭V－2飛上天空都沒事的熱沃當野獸妹妹，搭巴士卻會暈車啊。

多虧這偶爾很搞笑的女僕小姐，讓我稍微能放鬆一點了。不過——

先姑且不論亞莉亞的結婚問題，色金問題是我無論如何都絕對要解決的工作。現在開始，我必須再次繃緊神經才行了。

而握有解決問題關鍵的人物就是——

亞莉亞的妹妹，梅露愛特。

據亞莉亞的形容，那位梅露愛特是個相當危險的人物。不過我可是過著每天都要和危險人物見面的生活啊，尤其是和講這句話的本人。而且要說到妹妹，我家妹妹也是個十足的危險人物。光是就讀於武偵高中這種奇特的學校，我周圍不危險的人物就反而是少數派了啦。哪管梅露愛特究竟是怎樣的女孩，我都沒差了。

「那麼主人，嗚，請您小心。」

在華生告訴我的梅露愛特住處附近——貝克街的公車站牌下車後，麗莎雖然臉色發青但還是一如往常地捏起裙子，可愛地對我行禮。

「好，那我走了。幫我跟華生問個好。」

我說完後，便邁步走在行人還不算少的貝克街上。

在這裡，那個夏洛克在十九世紀住過的公寓至今依然存在。而據說梅露愛特就是擁有那整公寓然後住在裡面的樣子。或者說，這條街左右兩側的所有店家，現在好像都是屬於福爾摩斯家的不動產。簡直是地產大亨的大地主狀態了。

雖然改裝得很漂亮，但還是留有傳統風格——讓人感覺彷彿只有這裡的時光回溯到十九世紀的貝克街221號。金屬門牌上的確寫有『Minuet Holmes』的名字。

（就在這裡啊，亞莉亞的妹妹——梅露愛特。）

我按下門鈴後……

白底黑框的木門打開，兩位穿著同樣是黑白色古典女僕裝的女僕小姐站在玄關左右兩邊。

一看就知道她們是雙胞胎，是年紀和我差不多的金髮碧眼白人少女。

「我是遠山金次。我來見梅露愛特的。」

「我是莎楔。Welcome.」

「我是恩朵拉。Welcome.」

頭髮較短的叫莎楔，較長的叫恩朵拉是吧？我就用頭髮長短記住好了。

話說……這對雙胞胎女僕跟我家的麗莎不一樣，態度真冷淡。

雖然兩位都是美女，但至少也跟客人笑一下吧？

自己也是個性冷淡卻撇開不說的我，環顧了一下室內——裝潢非常古典。

裝飾統一都是樸素而讓人感到平靜的東西，很有討厭華美的英國人風格。

然後……我很快就注意到了，這個家在設計上是無障礙空間。畢竟推理天才梅露愛特似乎是個對國家高層也會提供建議的知識分子，或許也會有高齡的貴賓來訪吧？

「距離會面時間還有十分鐘左右，請問要喝杯茶嗎？」

「不，我倒是想去小……去洗手間一下。畢竟可能會談很久。」

於是我在莎楔的帶路下進到一樓的廁所，發現裡面很寬敞而漂亮。地板是植物圖案的陶瓷拼磚，然後同樣為了無障礙空間的扶手則是黃銅製。真有品味呢。

來到會面時間，恩朵拉在前頭帶著我走在走廊上。

透過窗戶可以看到夕陽下的中庭有個圓形的花園。因為其中只有一部分開花所以讓我知道了，那是每個季節綻放不同花種——半永久性的一年時鐘。應該是擁有植物學知識的人物……恐怕是梅露愛特設計的吧？

紅紫色的壁紙上畫有金色的花紋，牆上還掛著裱框起來的夏洛克黑白照片。夏洛克，你還真受到尊敬。

「……嗚……」

進入一樓最深處的房間後，眼前的景象讓我頓時說不出話來。

這房間——簡直像個博物館。不，陳列的東西搞不好比一般的博物館還要豐富。

有三葉蟲、菊石、鰳魚的化石，深處甚至還有應該是伶盜龍或無齒翼龍幼龍的中型恐龍化石。

跟著恩朵拉繼續往裡面走，還可以看到蛇、海豚與獅子的骨骼標本。

「這裡是展示梅露愛特大小姐蒐藏品的博物室。大小姐的房間則是——在前方的二樓。」

原來梅露愛特有收藏化石和骨骼的興趣啊？

雖然綽號叫「陰沉男」的我也沒啥資格講這種話，不過這不算什麼明亮的興趣呢。

玻璃櫃中還有大型的蜂窩，蜘蛛與蝴蝶的昆蟲標本，老鷹、貓頭鷹、遊隼、咬鵑等等的剝製標本，以及很稀奇的貝類標本。

這些自然標本……恐怕是以學術上的意義收藏的。

（這景象、這氣氛……）

我似曾見過。或者應該說似曾感受過。

這情景就很像——八月時我入侵過的核子潛艇。

——伊・U。

跟那入口大廳的內裝很像。

（梅露愛特・福爾摩斯……夏洛克・福爾摩斯的曾孫……）

太像了。她居然和那個夏洛克做著同樣的事情。那兩人應該沒有講好的說。

看到博物室角落的水晶啦、金礦石等等的礦物標本，我不禁——

——再次想到色金的事情。

梅露愛特，看來妳應該是知道的。關於色金的事，而且是全世界最了解的人。

對於那『擁有意志的金屬』的真面目，以及拯救亞莉亞的方法，我一定要讓妳好好回答我。

因為梅露愛特希望與我一對一會面的緣故，恩朵拉並沒有獲得走上博物室深處樓梯的許可。

於是我獨自走上那一旁裝有簡易電梯的樓梯。

二樓昏暗的走廊……非常安靜。能聽到的只有我自己踏在木頭地板上微微軋軋作響的腳步聲。

話說，自從上次去過巴黎以來我就一直覺得，在家中不脫鞋子還真教人不習慣。

——來到恩朵拉告訴我的金色手把、白底黑框的門前——我敲了一下。

「……」

沒有回應，不過可以感受到裡面有人。

門上的鑰匙孔是現代很少見的蘑菇形狀……似乎沒有上鎖的關係，於是我輕輕打開。

微亮的房間中，給人一種雜亂的印象。並不是說東西都亂丟在地板上，而是桌上跟書架上的東西擺得有點雜亂無章。

不過根據後世流傳，過去的夏洛克好像也是這個樣子。

褪色的老舊信件原封不動地裝在木製的信箱中。上面有點灰塵的留聲機。打字機。鐘擺時鐘。真是懷舊品味。

在焦褐色的木架上……放有一把細心擦拭過、微微放出光澤的漂亮放大鏡。

（那是……）

我在網路上看過。是十九世紀夏洛克在犯罪搜查時用過的放大鏡。

看來梅露愛特是被視為福爾摩斯家正統的繼承人，而獲得了那項遺物。

話說，我不知道該怎麼形容……總覺得這房間的主人跟世間好像不太有交流，給人有種脫離俗世的感覺。房內的電子機器，就只有桌上型電腦而已。

「——好臭的味道。」

我忽然聽到一個娃娃聲而轉過頭去，便看到在窗簾半掩的窗邊……

一名嬌小的少女——梅露愛特眺望著窗外的背影。

她坐在一個蔓草文金屬框邊的椅子上，連同那椅子背對著我。

首先引起我注意的……是裝在椅子左右兩邊的大輪子。

是輪椅。

椅背下方裝有齒輪和管子等等東西——像小型的機關。雖然看起來好像可以自走，不過也有讓別人從後面推動的手把。應該不是能夠自己走動的人會坐的東西。

我不禁……回想起呈現無障礙空間的玄關、寬敞的廁所以及樓梯旁的簡易電梯。

原來亞莉亞的妹妹，是個行動障礙人士。

「味道？妳說我嗎？」

看到梅露愛特背對著身為客人的我也不轉過來，於是我在報上名字前先開口如此詢問。

「是火藥的味道。你跟姊姊大人一樣，是個平常就在開槍的人物。姊姊大人並沒有跟我說過你的個人資料，但想必你跟姊姊大人同樣是武裝偵探。雖然這種事用不著推理也能知道，不過可以說是我確定了吧。」

梅露愛特依然背對著我說道。

她的聲音特徵和亞莉亞很像，只是明明年紀比較小卻比亞莉亞低沉。

「身高大約一六八到一七二公分左右。身體有經過鍛鍊，但也有刻意保持體格不要過於健壯。體重是六十三公斤上下。」

……我的身高……剛好是一七〇公分。體重也是六十三公斤。完全符合。

她明明沒有看我，為什麼可以知道？從角度來看，我的身影應該沒有映在窗戶上才對。就算假設她是用攝影機之類的東西看到我，隔著衣服能夠說中體格或體重的事情也太不自然了。

「妳是怎麼知道的？武偵的身體情報並沒有公開，很難事先調查。亞莉亞和華牛也沒蠢到會事前隨便告訴妳這些事情。關於我的情報，妳應該什麼都沒掌握到才對。」

任何事情一開始都是最關鍵的。

因此在正式進入對話之前，我決定用武偵流的逼問氛圍先牽制梅露愛特。

然而，梅露愛特的語氣並沒有改變。

「那是很丟臉的提問。你是個武裝偵探，換言之，好歹也算個偵探。這種程度的初步推理，你應該要能做到才對。」

……初步推理，是嗎？

那是有名的名偵探──夏洛克的口頭禪。雖然我不清楚她是不是刻意這樣講的就是了。

「你問我為什麼可以準確說中你的個人資料──那麼我就如小步舞曲（minuet）的舞步，循序漸進地告訴你。你說我應該沒有掌握到關於你的任何情報才對，但那打從一開始就錯了。人體在行動的同時，隨時隨地都會發出各種情報。氣味就是其中之一。從你身上的火藥氣味，能推定出來的職業種類就有限了。」

梅露愛特用彷彿教師的口氣，淺顯易懂地對我說著。

「然後，腳步聲。」

腳步聲……？

「你在進入房間之前，走在外面的走廊上。而我當然很清楚那條走廊的長度。雖然這跟體型也有關係，不過人類的步伐距離跟其身高有很密切的關聯性。從你腳步聲的次數，也就是花了多少步走完那段距離──便能知道你的步伐長度，進一步推算出你的身高。從腳步聲的聲響，也能大概知道你的體重。」

「原來如此，看來妳腦袋瓜不錯。這下我也確定了，妳就是梅露愛特。」

雖然等了很久，但終於讓我抵達最關鍵人物的面前了。

即使這女孩在這個時間點就已經用拐彎抹角到教人火大、聽起來又充滿嘲諷的講話方式，不過她的推理能力的確值得期待。

準確說中事物的部分雖然跟亞莉亞很像，但相對於亞莉亞只依靠直覺，梅露愛特說的話有憑有據。給人一種血統純正的名偵探感覺。

「庶民就是這樣。你至少應該知道『禮儀』這個單字吧？」

「妳在說什麼？」

「既然你不知道——那麼我就如小步舞曲的舞步，循序漸進地告訴你。在讓女性自我介紹之前，男性應該要先報上自己的名字。這是最低限度的禮儀。我雖然沒有愚蠢到光憑知性就判斷一個人的人格……但這裡是我的房間。如果你沒有遵守禮儀的意思，我只能請你出去了。」

這對福爾摩斯姊妹，雖然姊姊的個性超級乖僻，但妹妹也不遑多讓啊。

誰先報上名字根本就不重要吧？

但要是她跟我鬧脾氣而不告訴我色金的事情我也很困擾，於是……

「我是遠山金次。既然我按照禮儀做法先報上名字了，妳也給我轉過來自我介紹。老是背對著客人才真的沒禮貌啊。」

結果梅露愛特「嘰……」地緩緩轉動輪椅，同時……

「對了，還有一點，關於我對你的推理。你並不是個優秀的武裝偵探，問題還不小。因為我坐輪椅，你就輕忽大意了。」

她轉身面向我。

我的呼吸頓時停住了。

她的長相……超級可愛。真不愧是英國國民美少女亞莉亞的妹妹，可愛的程度不輸給亞莉亞。以美少女偏差值來說大概有七十五左右。但畢竟跟亞莉亞是同父異母的關係，給人的印象有點不同。

首先，亞莉亞雖然膚色已經很白皙，但梅露愛特比她更白。除了白人血統比較濃的緣故之外，還有平常幾乎不晒太陽的人特有的蒼白。

勿忘草色的大眼睛眼梢尖銳，跟亞莉亞像同個模子印出來的。不過壓倒性地給人一種──陰暗的感覺。如果我是同班同學，給這女生取的綽號應該就是『陰沉女』了。

兩側綁高的秀髮，是彷彿本身就微微發光的美麗香檳金。雖然跟護照上以前的亞莉亞照片一樣，不過跟現在的亞莉亞就完全不同色了。

身上的衣服是宛如給洋娃娃穿的荷葉邊輕飄飄洋裝，頭上還戴有像嬰兒帽的酒紅色頭巾。這種打扮好像是叫『歌德蘿莉塔』吧？要是讓理子看到應該會喜極而泣。

大概是對身為客人的我額外服務，那套打扮上還加了模仿武偵高中水手服領巾的衣襟，算是美中不足的部分……但比起那種事……

更讓我不禁瞪大眼睛的，是**槍**。

梅露愛特打從一開始就握著槍──一把英國古代的軍用步槍（李・恩菲爾德步槍），在轉動輪椅的同時把槍口瞄準我。她的手只有一瞬間放開槍，拉起輪椅的手煞車。那是為了在開槍時不要因為反作用力讓自己後退。

「……嗚……」

身為武偵的我，完全被身為偵探的梅露愛特先下手為強了。

坐在緋紅色椅子上的梅露愛特接著——

「初次見面，然後永別了。我是梅露愛特・福爾摩斯。福爾摩斯四世。」

——Nice to meet you and goodbye——

很親切地逐字發音向我問好的同時，在任何外行人拿步槍都能命中的七公尺半距離下，還為了進一步提升命中率而把一邊眼睛靠在瞄準鏡上……

——碰！

對我開槍了！

「——嗚！」

子彈當場擊中我的額頭，傳來如閃電般的劇痛。

我不禁往後一仰，癱坐到地上。然而……

……還活著。

因為疼痛而按住額頭的手上，也沒有沾到血。

或者說，從剛才的槍聲我就知道了，梅露愛特的那把李・恩菲爾德是改造步槍。

而且是拿來獵鳥用的空氣槍。

可是，萬一那其實是真槍——我真的就會被梅露愛特給殺掉了。

「……唔。」

梅露愛特自顧自地露出不知道理解了什麼事的表情，「喀嚓……」一聲把槍口舉高向上……

當我準備破口大罵的時候，梅露愛特又彷彿再度搶得先機地──

「既然是姊姊大人會看上的對象，想必你擁有什麼特殊的能力。然而從剛才被我開槍擊中的事情看來，你的能力並不是能夠照自己的意思控制的。」

──才見面不到五分鐘，她就大致看透爆發模式了。

果然……面對這女孩不能輕忽大意啊。

要是像她本人所說，只把她當成一個不便於行走的女孩子，早晚會吃虧的。

「我通常不會讓男性接近自己半徑五公尺之內。雖然並不是到完全無法講話的恐懼症程度，不過男性真的又臭又髒，我非常討厭。」

露出像在嘔氣的表情握著槍的梅露愛特，連一句對不起都沒說。

「……」

我用手繼續按著還在隱隱作痛的額頭，忍不住用埋怨的眼神瞪向她。

剛才那超痛的，超級痛的啊。搞不好頭蓋骨都被打出裂縫了。

「如你所見，我的身體要是被人來硬的，根本無從抵抗。畢竟你是個年輕的男性，就請原諒我帶槍會面的事情吧。另外，這把槍可以透過R／I電池改變氣罐的氣壓。做為見面禮的子彈是一五〇氣壓，頂多只能射死一隻鴿子。不過只要提升到七五〇氣壓──在剛才我說過的五公尺以內，威力就足以匹敵22口徑的槍。換言之，這是一把具有對人殺傷力的槍。」

——不管三七二十一先舉槍讓對方聽話的個性，跟她姊姊亞莉亞一模一樣。

什麼叫做為見面禮的子彈啦？這世上會用開槍打招呼的也只有妳們這對姊妹好嗎？

不過……

「唉呀，妳想拿槍就拿著。從剛才開槍的動作我就知道妳用槍的實力了。沒什麼大不了。妳至少也應該看穿我身上有帶槍的事情了，所以不會想跟我發生槍戰才對。」

我強硬地想要握回主導權。

「會自己先承認那種事，個性還真乾脆呢。可是從你以為我的武力只有這把空氣槍的事情看來，以武偵來說你果然還是個三流人物。想必是E級，好一點也頂多D級而已吧？」

猜中了。但休想我承認，這個小鬼。

「……」

「……」

彼此身上都帶槍的我和梅露愛特——

就這樣再度半瞇著眼睛、大眼瞪小眼，陰沉男與陰沉女互相對峙。

話說，她越看越可愛呢。除了因為比亞莉亞更像個外國人，再加上她的打扮，真的就像個真人大小的洋娃娃一樣。

「話說回來，妳到底幾歲啊？」

「唉喲，你究竟多沒常識呀？聽好囉，遠山金次，面對一位不熟識的女性，有關數字的任何事情都是不可以詢問的。舉凡電話號碼、體重——尤其是年齡。你這可是用不著我開槍就應該立刻舉起自己的槍自盡道歉的非禮行為，不過——看在你問得很是時候，我特別回答你吧。就在昨天，我十四歲了。」

「既然都會回答，就別說那麼多餘的開場白啦。十四嗎……以日本來說就是中學二年級了。哼，在日文有句話叫『中二病』，就是指像妳這樣以為拐彎抹角的講話方式很帥氣的年齡。其實十四歲是很丟臉的歲數——」

「唉呀，你可別太小看『十四』這個數字喔，金次。那在非歐拉商數中是最小的偶數，在哈沙德數中是最小的合成數。是二十世紀最具代表性的足球選手約翰・克魯伊夫的背號。在日本麻將中是用十四張牌胡牌。你應該要對所有的數字都表示尊敬、懷抱興趣才行。」

就算我出言嘲笑，她也會講一堆複雜麻煩的知識然後不當一回事。

而且還對我直呼其名。雖然這在歐美並不算失禮啦，但她明顯是在瞧不起我。大概是從我的表情看出我也在想些對她很失禮的事情吧。

話說，這種拐彎抹角的講話方式……

這點也跟夏洛克很像，一字一句都惹我很不爽。

「話說回來，這條領巾——我是特別模仿東京武偵高中女生制服的，就你看來顏色形狀上有沒有什麼不對勁的地方？我本來是準備來慶祝姊姊大人回國……但我沒看過實際的東西呀。」

「……以服裝整體來看是有夠不對勁的啦，不過光看那部分是沒什麼奇怪的地方。」

「六十五分。雖然是很明確的好回答，但對於女性的衣服，就算絞盡你那顆只有小石子大小的腦袋也應該要努力稱讚才對。」

姑且得到武偵高中在校生的確認後，梅露愛特重新把領巾穿好。

什麼六十五分啦？為什麼我講話還要妳來評分才行？

「……妳說要幫亞莉亞慶祝，但很可惜那已經無法實現了。那傢伙現在正在白金漢宮當王子殿下的貼身保鑣哩。」

「也就是說，狀況發展得正如我的推理是吧。」

「什麼意思？」

「是我把姊姊大人回國的情報放給倫敦警察廳以及本家的武偵派知道，讓殿下與姊姊大人相遇的。雖然我對繼承問題沒什麼興趣，不過對福爾摩斯家中姊姊大人的支持者來說，只要讓殿下和姊姊大人變得親密，就是大逆轉的好機會。而如果事情順利，我就會成為皇太子妃的妹妹。能成為王室的一員，也還算有趣的一件事。」

——喂！也就是說……王子的那件事，有一部分是這傢伙搞的鬼啊。

「妳這傢伙！無視於亞莉亞本人的意思，擅自做了什麼事！」

「捉弄姊姊大人就是我人生的樂趣呀。」

「現在亞莉亞可是面臨著很重大的問題，別為了妳那種陰沉的人生樂趣——」

「陰沉的人生樂趣？明明你的臉才真的很陰沉說。」

「囉嗦，這是天生的啦。」

「原來你有自覺呢。」

「這傢伙……要調侃人也給我適可而止點。別看我這樣，我可是動手比動口快的人喔？」

「我看你就是那種個性沒錯呀。」

妳皮癢討打嗎！

這句話頓時湧上喉嚨……但我還是忍住了。

我是站在來請教梅露愛特的立場，要是這傢伙跟我鬧脾氣，搞得沒辦法和平對話，事情就會變得很麻煩。

武偵流的做法，我必須再忍耐一下。

「……我不是來找妳鬥嘴，是來問妳有關色金的事情。畢竟妳似乎是世界上最理解色金的人物。我想亞莉亞正漸漸變成緋緋神的事，妳應該也從華生或亞莉亞本人口中聽說了吧？」

「是呀。又是公主又是神的，姊姊大人還真不愁飛黃騰達的機會呢。」

「我——來這裡是為了問妳，要怎麼做才能阻止那種事情發生。我手上也準備了瑠瑠色金。要我做什麼都可以，告訴我到底該怎麼做。妳應該知道吧？」

「沒錯，我可以推理出來。」

嘰……

梅露愛特轉動輪椅的一邊輪子，轉朝側面。接著……

「——可是我不告訴你。」

用比她年齡還要成熟的氛圍瞥眼望向我。

「什麼……？」

「首先，姊姊大人不希望自己變成緋緋神。既然如此，只要讓她遠離鬥爭和戀愛就可以了。只要姊姊大人放棄從我身邊把她奪走的警察和武偵高中——離開跟鬥爭有關的組織，和我一起成為偵探。另外也一輩子避開戀愛，過著像修女般的生活，這樣就行了。換言之，我反而很歡迎名為緋彈的項圈套住姊姊大人的狀況呢。」

華生有說過，梅露愛特她……

非常喜歡亞莉亞。

所以她想把亞莉亞——放在自己身邊是吧？

「這雖然是一個叫玉藻的傢伙說過的話，不過所謂的『心』不是那麼簡單可以照自己意思控制的東西。就算真的把亞莉亞綁在妳的身邊——萬一還是遇到什麼契機讓亞莉亞變成緋緋神，讓她被附身了要怎麼辦？緋緋神可是想引起戰爭喔？」

「戰爭？金次所想的難道是像第二次世界大戰那樣，國與國之間總動員的全面戰爭嗎？」

「沒錯，那可是大戰爭，倫敦也想必會化成一片火海啊。」

「那是你太過先入為主了，金次。在實行政黨政治的現代社會中想辦到那種事，首先緋緋神必須像希特勒那樣組黨，一步一步增加自己的黨員、議會上的席次，掌握日本或是英國的政權後，引導國家總動員引發戰爭才行。」

「……」

「就姑且假設她辦到這點，然後日中或英法隔著海峽引爆了全面戰爭。登陸部隊所使用的現代機槍每秒可以發射十發以上、每分鐘可以發射七百～一千發機槍子彈。如果換算成一天份，就需要足以塞滿這間房間的子彈。再計算登陸戰以及占領橋頭堡所需的日數——還要隔海輸送到敵國，就需要整整一艘運輸船了。當然，戰爭光靠一把槍是不行的，一萬人組成的大隊要進行登陸作戰，又需要一萬艘的運輸船。一艘運輸船通常需要從八方守護它的護衛艦，全部算起來要九萬艘。做到這樣也只是幾天份而已。所謂的全面戰爭，就是這麼燒錢的行動呀。你覺得因為全球不景氣而痛苦掙扎的現代各國，會擠得出如此龐大的資金嗎？」

「不……我是不覺得……既然這樣，緋緋神到底是怎麼打算的……？」

畢竟那傢伙在香港說過，她希望的是透過像三國志那樣的超人戰鬥享受其中的熱情，所以應該不會喜歡按下一顆按鈕就結束的核武戰爭才對。

「這也是一種初步推理。如果今天我是緋緋神，就會把目標放在恐怖戰爭上。民族間、宗教間的緊繃狀態——這樣的火藥全世界到處都有，因此只要把小小的火種丟進去點燃就行了。只要扣下小小的扳機，人們就會想發動武力抗爭。而巴不得讓他們進行武力抗爭的一群人自然就會有動作了。我只要以恐怖行動的方式，一場接一場地引發規模比國家小的局部戰爭就可以了。這樣一來就不侷限於日本或英國，全世界都有可能引爆，堪稱是一種新型態的『戰爭』呀。」

煽動民族對立或宗教對立，進行沒完沒了的恐怖戰爭嗎？

然後從各地區把超人戰士拖出來戰鬥……確實很有可能。

這遠比我至今想像的第三次世界大戰還要有現實性啊。

「……這麼可怕的事情，妳居然講得一副事不關己的樣子。」

「的確不關我的事呀。畢竟恐怖攻擊都是發生在人群聚集的地方，可是我又不會出門。對我造成的影響頂多就是看新聞節目的時間增加而已嘛。」

哪怕全世界都爆發恐怖戰爭，她也當成觀賞比賽節目，置之不理嗎？確實……不管是誰，大家或許多少都有這樣的心理。但身為一個人，可以這樣公然宣言「我才不管」嗎？

梅露愛特不會讓亞莉亞變成緋緋神，但就算讓她變成了也沒有問題。被她用各種道理說明完這點的我，總覺得有種難以反駁的感覺……真是沒轍。

——因為對方是搭檔的妹妹，我才一直對她這麼客氣的。不過這下看來我還是用武偵流的做法對付她吧，兼作矯正她這扭曲個性的教育。

「好好好，我知道了，這傷腦筋的小妹妹。反正我用口頭也講不過妳，我不講了。

這是跟亞莉亞——跟我身為武偵的搭檔有關的重大案件。既然妳知道那祕密卻不打算說，我就來硬的逼妳說。」

雖然我對GⅢ說過『日本的做法是盡量努力跟對方進行對話和交涉』，但……

如果這麼做不行，就火大起來拔刀或是用零戰突然攻擊對方，也是日本的做法啦。

「嗯，那或許也是一種作戰策略。雖然是我能想到最愚蠢的作戰策略之一。不過，好吧，既然你想不靠嘴巴就逼我說……請問你打算怎麼做呢？」

梅露愛特手中的李·恩菲爾德步槍微微發出聲響。

應該是如她剛才所說，在提升空氣槍的氣瓶內壓吧。提升到具有殺傷力的氣壓。

但那樣反而好。

如果她選擇靠武力，我可能還比較有優勢。

畢竟亞莉亞說過，這傢伙光是靠講話就能用類似催眠術的東西殺掉對方。

而亞莉亞的戰姊·安潔麗卡也真的被她弄到腦袋不正常了。

我就一如自己的宣告，讓她稍微吃點苦頭，逼她說出情報吧。

「槍對我而言不構成威脅。要是妳打算靠槍，就是妳輸了。如果妳有其他武器，拿出來吧。」

我說著，為了能夠快速拔槍而張開手掌……

大搖大擺地走向梅露愛特，甚至入侵她剛才禁止的五公尺圈內。接著進一步縮短距離，三、二、一公尺。

然而，因為這次我明顯會反擊的緣故，梅露愛特遲遲沒有開槍。

事實上，這女孩的用槍能力的確是只要不讓她搶先就一點問題都沒有的程度。

從她不成熟的舉槍方式也知道，以武偵高中來講頂多是一年級生的實力。就算沒有進入爆發模式，接受過大哥與蘭豹殺人式鍛鍊的我也不成問題。

不過唉呀，對方畢竟是個坐輪椅的女孩子。

要是因為欺負妹妹，事後被亞莉亞開洞也很那個。我就稍微抓起胸襟嚇唬她吧。

「我勸妳最好別亂動，否則要是骨折什麼的我可不管。」

就在我一邊說話嚇她一邊接近，打算先把空氣槍搶過來而伸出右手的時候——

以絕妙的時機把槍扛到左肩的梅露愛特忽然只把右手放開槍，彷彿要跟我的右手交握似地伸了過來。

不知不覺間，我們的小指和小指就像『打勾勾』一樣纏在一起。

——緊接著……

（……嗚……喔！）

好、好痛！怎麼回事！

我只看到梅露愛特用些微的動作扭轉我的小指，沒想到我的手腕竟同時被帶動，彎向不應該彎曲的方向。

劇烈的疼痛霎時讓我的鬥爭心全失了。

好痛、好痛、好痛。我腦袋只有不斷如此叫著。想逃——也沒辦法逃。就算我想解開手指，感覺只要稍微用力，手腕就會被我自己的力氣扭斷。

梅露愛特接著用翻花繩似的動作，進一步扭轉我的手指。

「——啊……嗚！」

強烈的疼痛這次一路傳到我的手肘。

我不得不把膝蓋跪到地毯上了。

疼痛順勢延伸到肩膀、背骨——

最後我就像被大頭針釘住的蜘蛛一樣，被迫全身趴在地板上。

相對於臉上不斷冒汗的我，依舊坐在輪椅上的梅露愛特則是……

真的彷彿在看什麼蟲子似地用冰冷的眼神低頭望著我。

那一臉輕鬆的表情，讓人感覺她根本沒出什麼力氣。

那也是當然的。雖然我不清楚是什麼原理，但我的手臂和背部——全部都是被我自己的力氣扭彎的。

梅露愛特只不過是在跟我『打勾勾』的手指上做了一個起點而已。

這招大概是——合氣道，而且是高手等級之類的系統。

「我勸你最好別亂動，否則要是骨折什麼的我可不管。」

梅露愛特重複了一次我剛才說過的話……不用她講，我也知道。要是我稍微動一下，從小指一路到背骨的全部關節都會脫臼，甚至骨折啊。而且是被我自己的力氣。

於是維持著那個姿勢，我被固定在地上了。

「巴流術是源自日本，在巴西發揚光大的『Vale tudo（什麼都可以）』——全局面對應・完全綜合格鬥技的簡稱。在坐姿下也能出招是理所當然的事情。姊姊大人的巴流術是以打擊與投摔技為中心，而我主要使用的則是固定技——也就是關節技。這就是其中之一，『馬蔦』。是曾爺爺研發光大，福爾摩斯家代代相傳的招式喔。」

梅露愛特「喀」一聲把李・恩菲爾德步槍的槍口抵在我的後腦杓說著。

「金次？我其實是有一點中意你喔？」

那就不要舉槍對著我啊。

「所以，我就讓你成為我的馬吧。」

我的小指被輕輕一扭——就讓我像傀儡人偶一樣被拉起來，換成左手和雙膝趴在地上的姿勢。劇烈的疼痛讓我不得不變成那樣了。

接著，「沙、沙……」地爬向梅露愛特的輪椅旁。

梅露愛特將空氣槍掛到輪椅上的鉤子後……

「Yo-heave-ho（嘿～咻）♡」

用輪椅的左扶手以及我的右腕撐起身體，把她小小的屁股移到我背上。姿勢就像女孩子側坐在腳踏車後座時一樣。

「來，trot（快走）。要是不聽話，我就把你脊椎折斷喔？」

……會被殺的……！

這樣的聲音，從我身體內側……本能的最深處，帶著壓倒性的真實感傳出來。

該、該死……！啊啊，我因為被固定的右臂傳來的動作，真的開始爬動了。用因為疼痛發抖的左臂與兩腳三點支撐地板，讓梅露愛特騎在我背上。

「啊……呀……！」

痛……好痛！

痛得我像真的變成動物一樣，連話都講不出來。

「呵呵呵！好丟臉的馬兒呢。來，爬房間一圈。」

露出嗜虐笑容的梅露愛特，把我的右臂當方向盤操縱著……

讓我確實繞著骨董桌爬了一圈。最後回到輪椅前，輕聲說了一聲「There, there（停下、停下）♡」，讓我停下來。

然後像剛才一樣重新坐回緋紅色輪椅上的梅露愛特……

這才總算放開了她的手。

但我已經全身痛得暫時無法動彈了。

只能悽慘地倒在輪椅前，壓著自己的右臂呻吟……

梅露愛特從輪椅上低頭俯視那樣的我。

「金次，我剛才也說過，我很中意你。你跟那些在心中瞧不起無法走動的我，卻又為了拉攏我，隱藏真心對我阿諛奉承的人不一樣。所以我決定跟安潔麗卡一樣，『不殺掉你』了。」

「妳……妳原本是打算、殺掉我的嗎……」

「起初是那樣沒錯，當作消磨時間。」

梅露愛特若無其事地如此說道，同時用那對藍色的眼睛睥視我。

——唰——！

我頓時感到毛骨悚然。

接著明白了。

這個感覺。

這是——殺氣。

是有如國寶級的名刀……但依然收在刀鞘中的，那種殺氣。

不只是槍與巴流術，梅露愛特還藏有一把刀。就是舌頭上的那把刀，**她還沒打算對我拔出來**。

那把刀輕易就能夠刺殺我。這個名叫梅露愛特・福爾摩斯的人物，果然是個不用槍械或刀劍，光靠言語就能殺人的女人。

槍、炸彈、刀劍、魔術、陷阱與新兵器。至今為止有各種傢伙用過各式各樣的力量企圖殺我——但梅露愛特的力量完全超出了我的想像。

就好像沒看過槍的日本武士面對槍就束手無策一樣，我想不出對付梅露愛特那種言語殺傷力的手段。要是她拔刀，我就會被殺。

唯獨那股像殺氣一樣的東西，我身為武偵的本能可以感受到。

「因為你就是從我身邊，以及從英國把姊姊大人奪走的仇人呀。但硬要說的話，我很中意金次那種簡單易懂的個性，還有陰沉的臉。」

「沒、沒人拜託妳中意我啦……」

「就是那種地方。從一開始跟我講話到現在，你的態度都沒有變化。雖然語氣聽起來像在恐嚇，但那實際上是因為擔心姊姊大人的焦急心理表現。金次是真心誠意想要幫助亞莉亞姊姊大人。這點我也好好稱讚你吧。」

……這女孩真的有夠自大的。

從梅露愛特面前後退逃開，總算變成坐姿的我……

就這樣雙腿一盤，把手臂交抱在胸前。

「……」

「唉呀，那是什麼姿勢？」

「賴著不走的姿勢。在妳告訴我色金的事情之前，我不會離開這裡。」

事到如今，就讓我使出弱者的最終手段——找麻煩戰術來對付妳。這也是在武偵高中偶爾會看到的方法。

畢竟梅露愛特雖然說她中意我，但似乎很討厭又臭又髒的『男人』啊。

而且我要是在外頭亂走結果遇上MI6的00系列，隨時都有可能被他們行使殺人執照開槍斃掉。賴在這裡可說是一舉兩得。

「哦，以金次的腦袋來講這想法還頗聰明嘛。而且我也想到了一個不錯的點子。」

然而……我這樣狡猾的手法，好像反而讓梅露愛特大小姐很愉快的樣子。

她「嘰」一聲微微搖動輪椅……

對我露出陰沉而壞心眼的微笑。

陰沉美少女露出那種表情，真讓人有點毛骨悚然。

總覺得莫名有種不好的預感。這是來到倫敦後的第二次了。

「我就把你放在我身邊吧。」

我這作戰……是不是踩到地雷啦？

「既然你說在我告訴你色金的事情之前你都不離開，那我就一直不告訴你。不過，這樣一來你反而可能會掉頭走人……所以就來導入『星星制度』吧。」

梅露愛特讓輪椅發出「嘶、嘶……」的聲響，自動行走。

然後從書桌中拿出邊緣花紋裝飾得很夢幻的一張白色卡片。

最後來到我面前遞到我手中的那個，是一張沒有寫東西的空白名牌。

「只要金次對我做好事，我就會在這上面畫一顆星星。等你集滿十顆星星，我就告訴你我針對緋緋色金的推理吧。」

……也就是說，雖然她還不告訴我，但是會給我機會是吧？

我是沒那閒時間陪這個任性貴族玩遊戲啦，不過……

這樣總比剛才連話都不願意聽我說的狀況要好多了。

「……妳說『好事』，是要我做什麼妳才會給我星星？」

「誰知道？」

「什麼叫『誰知道』啦？妳不決定好的話，我也不知道該怎麼做啊。」

「太陽為什麼會升起？月亮為什麼會發光？金次問題真多，跟小孩子一樣。你好歹也是個武裝偵探，就自己推理看看啊。」

「太陽升起跟月亮發光都是單純的自然現象，沒有理由。那種事情根本無從推理。」

「沒錯，世上有很多事物根本就沒有理由。換言之——我在那卡片上畫星星或不畫星星的理由，也沒有任何明確的規則。金次只管對我做好事就可以了。」

好事……？正當我皺起眉頭的時候……

噹、噹、噹……杜鐘忽然發出聲音。

「到晚餐的時間囉，金次。」

梅露愛特「嘰」地轉動輪椅的一邊輪子……

將裝有手把的部分轉過來朝向這裡。

「推我。」

「給我星星我就幫妳推。」

「唉呀，看來你已經明白這個星星制度了呢。如果今後你都能照我的需求幫我推輪椅——我現在就馬上給你一顆星星吧。」

梅露愛特說著，從我手中把卡片拿過去……

等我站起身子握住輪椅的握把，她自己也轉了一下她手邊的黃銅手把。

然後，噗嘶～

從裝在輪椅後下方像蒸汽機關的部分便噴出白色的煙霧——看起來像水蒸氣的氣體。好燙！

接著才總算從桌上拿起羽毛筆，幫我畫了一個星星符號。首先獲得一顆了。

「哦哦，對了。要是你對我做什麼壞事，我就扣掉你的星星喔，金次？」

梅露愛特露出打從骨子裡就很壞心眼的笑容，微微把身體轉過來將卡片還給我——

簡單講，這個星星制度完全是看這位妹妹大人的心情在增減星星是吧？

的確很像這個性格扭曲的大小姐會想出來的、粗率又幼稚的制度。

不過——就是因為這樣才感覺很難啊。真該死。

利用簡易電梯把梅露愛特連同輪椅運到一樓後……

我在剛才的那間博物室中推著輪椅前進。

事到如今，我也只能陪她玩這個星星制度了。因此……

（為了做到梅露愛特會覺得是『好事』的事情，我必須要調查一下情報才行。像她的喜好，或是興趣之類……）

我為了尋找一些線索，而轉頭環顧四周。

但這間博物室裡的東西實在太多，反而讓我一點頭緒都沒有了。就在我傷腦筋地東張西望的時候……忽然看到一個奇妙的東西。

陳列貝殼的架子上，放了一張看起來一點關係都沒有的獎狀。

那似乎是小學賽跑比賽獲得第一名的獎狀，可是上面的名字……不是亞莉亞嗎？

「那不是亞莉亞的獎狀嗎？為什麼會在妳這裡啦？」

「是我用梭哈贏來的。**姊姊大人得到的好東西，全部都要歸我**。擺在那兒的全都是我和姊姊大人打賭然後贏來的戰利品喔。」

聽她這麼一說我才發現，架子上另外還陳列了像獎盃、獎牌、泰迪熊布偶、衛兵形狀的胡桃鉗、稀奇的糖果罐等等，各式各樣應該是梅露愛特從幼年期就一點一點從亞莉亞手中贏來的東西。亞莉亞妳到底輸過幾次啊？

「……亞莉亞的東西就是我的東西，嗎？妳簡直就像胖妹啊。」

「胖妹的個性可沒有像胖虎那樣呀。」

連日本漫畫的設定都知道得比我還清楚，梅露愛特究竟有多博學啦？

我看到架上另外還有一幅拍攝岩地的風景照片，於是……

「那是什麼地方的照片？連那種東西妳們都拿來當賭注嗎？」

我本來以為那會不會是梅露愛特想去的地方而如此詢問。

「那不是照片，是油彩畫。」

聽她這麼說而仔細一看……真的哩，那是油畫啊。

「好、好強，超細緻的。是什麼有名的畫家臨摹哪裡的照片畫出來的嗎？」

「不，那是我把德文郡達特摩爾的風景根據自己的記憶畫出來的。在我十歲的時候。」

這張……讓人會以為是照片的畫嗎……而且、才十歲的時候？真是天才。

繼白雪與蕾姬之後，我發現第三位會畫圖的女生了。

「嗯？總覺得似曾聽過的樣子。德文郡達特摩爾，我記得是亞莉亞的……」

「就是姊姊大人的保有領地——巴斯克維爾所在的土地。面積十一平方公里，是個化石產地。我同樣用梭哈從姊姊大人那裡獲得了偶而到那個地方採掘化石的權利。雖然最近因為我膩了所以沒去，不過那幅畫是掛在那邊當成採掘權的證據。」

我是不懂採集化石有什麼好玩的啦，但這下讓我發現一個採集星星的頭緒了。

梅露愛特很喜歡打賭。

話說回來，亞莉亞的真實領土居然有十一平方公里，根本是足以匹敵文京區或荒川區的面積啊。

「……看來妳很喜歡梭哈的樣子。雖然我因為很弱，所以不玩梭哈……不過怎麼樣？要不要等會拿星星當賭注，跟我來玩一場什麼賭博遊戲？」

「唉呦，還真是熱中工作呢。但要是你輸了，就要剝奪星星喔？」

「誰會在開始玩之前就去想輸的事情啦。」

「呵呵！在跟我打賭之前的姊姊大人也常講同樣的話呢。不過，我就考慮看看吧。雖然要等到金次拿來當賭注的星星再多存一點之後再說就是了。」

我把因為我願意老老實實陪她玩星星制度而感到愉悅的梅露愛特帶到餐廳……

正在將銀色燭台與餐盤排列在純白色桌巾上的莎楔&恩朵拉，頓時驚訝得瞪大藍色的眼睛。

然後說不出話地看向我和梅露愛特的臉，雙胞胎用一模一樣的臉蛋面面相覷後，又再度看向我和梅露愛特的臉。

「……我說妳們，有什麼好驚訝的？」

被這對很適合古典女僕裝的美女姊妹盯著臉看，讓我忍不住害臊地小聲嘀咕。結果……

「沒、沒事，只是因為梅露愛特大人……在笑。」

「大小姐，這是因為貴賓詢問所以我們才這麼說的——還請原諒。不過我們自從亞莉亞大小姐出國之後……今天第一次見到您的笑臉呀。」

看著莎楔與恩朵拉不知所措的模樣，梅露愛特便「唔，似乎是那樣沒錯。不過妳們雙手都停下來囉？快點工作。」地嚴格下令了。

莎楔與恩朵拉真的就像職業女僕一樣，表現很冷淡。

她們恐怕是只會乖乖做好梅露愛特命令的工作，其餘私人的事情都不會介入。

唉呀，畢竟這大小姐是個惹她心情不好就會用槍、用巴流術、用言語殺人的人物嘛。

晚餐後推著梅露愛特回去房間的我，獨自在腦中想著這樣的事情。

不過話說回來……梅露愛特的晚餐，也未免太誇張了吧？

堆成小山的櫻桃配上萊姆葡萄乾的冰淇淋，還有淋上一大坨果醬、像花瓶一樣大小的布丁聖代。

但做給我的晚餐則是炸魚、玉米湯與麵包——雖然樸素不過很正常，所以我想那應該是梅露愛特自己命令的餐單。

「喂，梅露愛特，妳剛才那晚餐是搞什麼？都不在意熱量的嗎？」

「當然在意了。一餐的熱量要是不足三千三百大卡，可是會血糖過低而昏倒呢。而且我平常的生活會讓大腦新皮質的側頭葉遠比普通人類還要亢奮，所以多量攝取糖分是必要的。像作家或是遊戲玩家，不也很多愛吃甜食的大胃王嗎？」

「那妳就稍微變笨一點也沒關係，餐食正常點吧。我對歐美人吃食隨便的個性已經受夠了。俗話說醫食同源，吃的東西不好，身體也會到處變得不好啦。做那些東西的女僕們都沒說什麼嗎？」

「我不讓她們說。」

「她們果然都對妳唯命是從啊……」

「沒錯。不管我命令任何事情她們都會聽從的。要不要試試看？」

「不要把人講得像玩具一樣。讓那種人照顧自己，只會越來越墮落啊。古代羅馬人就是因為老是利用奴隸結果變得做什麼都不行，最後滅亡的事情妳也應該知道才對。像這宅邸也是，雖然打掃得很乾淨，可是光線陰暗又不通風，空氣都不流動，感覺對健康一點都不好。那也是妳命令的吧？」

「是呀，因為我討厭外面的空氣嘛。還有金次，羅馬的奴隸制度是——」

「先不管那種歷史課的內容，我想說的是妳的生活能力比我還不如啦。雖然被稱為天才的人很多都是這種類型……但看著妳這種生活，連我都會喘不過氣了。所以為了引導妳的生活往好的方向改進，我要把我的女僕叫過來。明天開始，妳讓她到這裡來工作。我們來打賭，要是那女僕做了讓妳中意的事情，妳就給我一顆星星。要是她出錯或做了什麼壞事，妳要扣我一顆星星也無訪。」

「讓我的生活、往好的方向？我覺得現在就已經十分好了呀。不過我對金次的女僕也很有興趣。好，這場打賭，我接受。」

——很好，聽到打賭她就乖乖上鉤了。

雖然我自己跟梅露愛特賭博搞不好會揮棒落空，但只要派麗莎上場代打，一定會敲出全壘打不會錯。

畢竟我在武偵高中的男生宿舍見證過了，麗莎擁有讓女生中意自己的超神技能。甚至把那個亞莉亞都瞬間拉攏的神技，讓我再見識一次吧。

正當我在梅露愛特的房間想著有沒有其他獲得星星的方法時……

在我的幫忙下，不知道為什麼從輪椅移到床上坐好的梅露愛特忽然開口拜託我：

「金次，幫我脫掉靴子。我沒辦法自己脫。」

「嗯？哦哦，是可以啦……」

於是我在床前單腳跪下，解開她那雙褐色長靴的鞋帶。

「這雙靴子會束緊我的腳，是醫生指示要這麼做的。不過到了晚上就可以解開。來，乖乖朝向前面。左腳也幫我脫掉。」

梅露愛特「叩」一聲，用一根骨董菸斗——似乎是裝有沾了櫻桃精油的棉花，拿來享受香氣的玩意——敲了一下我的腦袋。

「……」

呃，既然是那樣，我是願意幫忙啦。可是……嗚嗚，那根菸斗是搞什麼？

或許那氣味對普通男生來講頂多只會覺得『好香啊～』這樣，但對於聞到女生氣味會扣下爆發性扳機的我來說是很危險的香氣啊。酸酸甜甜的，太有女孩子味了。

因為那氣味讓我意識到她是個女孩子之後，我脫掉她的靴子——

糟啦！雖然靴子裡沒有太悶算是不幸中的大幸，可是我還是稍微吸到了。

從脫下來的靴子中飄出來——同樣很有女孩子味的、梅露愛特小腳腳的甘甜氣味。

即便在現代社會中是被視為丟臉的氣味，不過人體的腳尖或腋下等等部位之所以會發出味道……是當人類還是動物的時候，為了在地面或空氣中留下體味，增加與異性邂逅的機會，也就是所謂的費洛蒙。因此到了現代，依然還會有男性會盜取女生的室內拖或鞋子。

話說，為什麼女生從頭到腳都會發出香氣的事情是各國共通的啦？這世界簡直沒有希望了。

就這樣，當我更加意識到梅露愛特是個女孩子之後，再度抬頭一看……

我眼前又是一片很糟糕的景象。

簡單講，我現在是跪在一名坐在床上的女生面前。

而梅露愛特為了脫下靴子，把她長度及膝的厚裙子掀起來，結果水平方向的深處——雖然因為長裙的影子讓我幾乎看不太到，不過——

白皙耀眼而溫暖，可是無法照她本人的意思動作的腳，露出在我眼前了。

（……『如你所見，我的身體要是被人來硬的，根本無從抵抗。』……）

呃——不行不行不行！身為一個人，絕對不可以去想那種事情啊，金次！

「金次？你現在在想什麼呢？」

聽到從斜上方傳來的聲音，讓我頓時回過神來抬頭一看——

梅露愛特正捏起她的裙襬，一臉賊笑地低頭看著我。

這、這傢伙，是在調侃我作樂！

「我說妳，這個位置關係原來是**故意的**嗎？說什麼醫生的指示，也是騙人的吧！」

「因為如果不讓你情緒高漲一點，接下來的命令你也不會乖乖聽呀。」

「什麼接下來的命令啦……」

「幫我脫掉衣服。連同內衣褲，全部。然後到浴室幫我把全身洗乾淨。我不會覺得害羞，所以你不用擔心。貴族跟平民是不同的生物。你在貓狗面前換衣服也不會覺得有什麼好害羞的吧？」

梅露愛特一臉輕鬆地，像要求『抱抱』的姿勢一樣把雙手伸向前方。

這是——『幫我脫掉』——的姿勢嗎……！

「如果你幫我洗澡，我就給你一顆星星。要是不幫我，我就扣掉剛才那顆星星。」

「喂……！」

突如其來的展開，害我被嚇得往後退下了。她、她竟然用這種事跟我賭星星嗎……！

「來，快點。」

梅露愛特煽情地瞇起碧眼，晃動雙手，催促我幫她脫衣服。

真、真的假的，我非做不可嗎？可是星星攸關能否解決色金的問題。

為了亞莉亞，我必須那麼做——嗎？

可是居然要對她的妹妹，做出那種事……正當我腦袋變得一團亂的時候……

「呵呵！金次這個不爭氣的男人。」

梅露愛特咧嘴一笑，瞇細雙眼。

「我開開玩笑而已。我洗澡每次都是叫莎楔和恩朵拉來幫忙的，你放心。不過你還是去幫我把換穿的衣物拿過來吧。睡衣在那個抽屜的中間，內衣褲在左邊。」

她說著，彎起腰嘻嘻竊笑。

已經連生氣的精神都沒有、變得全身無力的我……

要是讓她扣我星星也不妙，於是只好乖乖聽話，翻找衣櫃抽屜拿出換穿衣物。

結果這又是如果燈光不昏暗、感覺就會透色的超薄性感睡衣，然後恐怕價值好幾萬的紅色蕾絲小褲褲，簡直折磨我的血流。這十四歲的小鬼到底搞什麼啦？不只是個天才——還是個魔性女人的候補，根本是我的天敵嘛！

全身熱呼呼地冒出像櫻桃般的香氣、把秀髮編成可愛麻花辮的梅露愛特，穿上我丟在浴室前籃子的性感睡衣，外面又套上一件睡袍回來了。

因為女僕小姐們在浴室中似乎也是全身脫光光幫梅露愛特洗澡的關係，我為了不要去想多餘的事情，只能坐在梅露房間的牆角，數著某國民怪獸數到一百五十一隻。

「我回來囉，金次。」

如此開心說道的梅露愛特，背對坐在地上的我……

喀嚓喀嚓、咖咖咖。居然打開桌上型電腦，玩起網路遊戲了。

「……」

我默默從她背後一看，遊戲中暱稱叫『Menuet』的梅露愛特……

是個跟她本人一點都不像、水藍色短髮的活力女孩角色。

這遊戲的世界觀似乎是有點奇幻又不夠奇幻的學園作品，而梅露愛特在那世界中參加籃球或板球等等的對戰比賽留下很好的成績。

「……妳連遊戲都很強嘛。但可別熬夜啊。」

「這款遊戲是日本製，玩家多半也都是日本女生。畢竟有時差的緣故，不到晚上朋友就不會來呀。」

講話也不轉過頭來的梅露愛特，看來相當沉迷於這款遊戲。

話說，她剛才說出了或許有機會讓我拿到星星的單字呢。她居然說**朋友**。

「這遊戲的玩家中，有多少人是妳的朋友？」

「那種事跟金次無關。」

「我知道囉？一定沒有吧。因為妳感覺跟亞莉亞一樣，很不會交朋友嘛。」

「我向神發誓，我有。」

「幾個人？」

「……一個。」

噗～我就知道。她就連在網路遊戲的世界中，也只有一個朋友而已。

不過要是我笑出來，又會遭到馬兒先生之刑了。還不能笑，要忍住啊。

「唉呀，反正交朋友重要的不是數目嘛。」

「我完全認同你這句話。做人與其要交一百位壞朋友，不如交一位好朋友。看，就是這孩子，暱稱叫『Momoco』。」

梅露愛特用愛心形狀的游標所指的『Momoco』小妹妹……

是個輕蓬蓬橘色頭髮、感覺很女孩子的角色。

不過這遊戲似乎本來就是給女生玩的，所以角色設計每個都很有女孩子味，所以讓我看不出來她究竟是怎麼樣的女生。大家身上都一堆花朵或緞帶，感覺沒什麼差別。

難道都沒有像短刀啦、槍械之類的裝備嗎？

「……妳們有見過面嗎？」

「這裡跟日本有距離呀。」

在遊戲畫面中的梅露愛特用自己的雙腳到處跑來跑去。

在現實中操縱角色的梅露愛特握著滑鼠也有模有樣，整個就是遊戲廢人候補的感覺。

比完袋棍球的梅露愛特接著跟 Momoco 用日文開始聊天，還偶爾「呵呵！」「唉呦，真色。」地自言自語。看來她是完全投入遊戲世界中的自己了。

畢竟打擾她也很不識趣，於是我默默地……拿出手機，用啟動時看到的遊戲標題以及『Momoco』這個暱稱進行搜尋。

這位能夠和梅露愛特成為朋友的非凡 Momoco 小姐，很快就被我找到了。

她在 Twitter 上有個帳號，叫鈴木桃子（Suzuki Momoco）。我不清楚是不是本名啦，不過這名字還真平凡。

（如果順利，搞不好可以從這傢伙問出能獲得星星的線索……梅露愛特的攻略法呢。）

正當我因為自己這宛如高難度遊戲的現狀不禁歎氣的時候——

在那邊遊戲內的梅露愛特與桃子互親一下臉頰，說掰掰。

然後登出遊戲後，現實中的梅露愛特滿足地吐了一口氣。

也許是打算睡了，她接著讓輪椅朝房間深處的床鋪自動行走。

既然這樣，我也該離開啦。

「明天我也——不，妳不告訴我緋緋色金的事情，我就每天都過來。我雖然身為武偵，沒做過討債的勾當，但我的評價可是比黑道還糾纏不休喔。」

我起身如此說道後——

「已經深夜了，外頭很危險的。你就留在這房間過夜吧。」

「喂，妳剛才不是說過妳討厭男性嗎？別隨隨便便讓男人留在房間過夜啊。」

「我在這個家中本來就沒有在會客室以外的場所跟男性見過面。換言之，金次，你打從一開始就是特例了。」

「反正妳也嫌過男生臭，我就不客氣地回嗆妳了。這房間都是女人臭，我在這種地方會睡不好覺啦。」

「如果你不留下來，星星要怎麼辦呢～」

梅露愛特一邊打呵欠，一邊又用星星制度威脅我……教人火大……

不過，總覺得連我都被感染，打起呵欠了。莫名好睏，現在幾點啦？

等等、喂！居然已經半夜兩點了。

「——好、好啦，知道了，知道了。我就睡在那邊的地板上，所以妳也快點睡啦。明天是平日吧？要是早上起不來，妳上學會遲到喔？」

我像個家長一樣，對打電動熬夜的梅露愛特如此說教後——

「這句話是失言喔，金次。我討厭有關學校的話題。」

「但總有義務教育吧。」

「你認為我有需要嗎？」

表情有點生氣地看向我的梅露愛特……

並沒有說『沒有』義務教育。

看來她不只愛打網路遊戲，還是個中翹生。簡直走在時代的最前端啊。

不過……從她不愉快的表情我看出來囉？簡單講，梅露愛特變得不去學校的原因是──

「哦～我知道了，妳一定是在學校被欺負吧？畢竟妳的個性那樣嘛。」

看到我擺出『真受不了妳』的姿勢如此挑釁，梅露愛特她……

……不講話了。

用生氣的表情默默瞪著我好一段時間。

然後……

「沒錯。」

聲音有點發抖地如此說道。

啊……我是不是搞砸了？

「扣你一顆星星。我兩年前的確就讀於一所叫聖埃莉諾中學的女校。不過日本也有一句諺語說『棒打出頭鳥』。」

聽到梅露愛特一口氣變得僵硬的聲音，我一時也忘了星星制度的事情……

詢問她令我感到擔心的一點：

「……妳、是不是反擊了？」

「是又如何？」

「總不會殺了對方吧？」

「並沒有殺掉，只是**對她說**不要再來學校了。」

這傢伙……竟然拔刀了。

對一般人，而且還是少女，拔出了她舌頭上的利刃。

「不過霸凌是一種很奇特的現象，即使那個朝我丟滅火器、把我從輪椅上打下來的主謀消失——也只是那個位子換人坐而已，行為依然持續。對爬在地上的我丟球或是潑泥水的人數，也彷彿補充兵員般始終沒有減少。而就在那些人一個接一個消失……學生變得越來越少的時候……發現那是我在搞鬼的學校最後對我這麼說：『請不要再來了』這樣。」

因為過去的心靈創傷而雙眼盈滿淚水，但依然堅強地不讓眼淚奪眶而出的梅露愛特……

其實不適合學校的環境啊。

跟在北池袋高中吊車尾而受到孤立的我剛好相反，是因為她的智力水準比周圍要高出太多的關係。

然而，她一定是很想去學校，很想交朋友的。她眼中的淚水道盡一切，即使是遲鈍的我也感受得出來。

就因為天生腦袋太好的緣故……

現在梅露愛特能就讀的學校，只有存在於遊戲中虛構的學園。

朋友也只有看到用程式創造出來的假梅露愛特而跟她交朋友的女孩子而已。

……原來是、這麼回事啊……

讓莎楔和恩朵拉把自己抱到床上的梅露愛特——

後來一句話也沒再跟我說，就這樣蓋上被毯睡著了。

我也因為害她想起不好的過去造成的罪惡感，始終無法再對她開口而坐在地上睡了。

因為中央暖氣系統的暖氣片就沿著牆壁設置的關係，我把背部靠在上面……

結果與其說溫暖根本就是過熱，讓我一直沒能熟睡。

就這樣，到了半夜三點左右。

「……嗚……」

我忽然聽到梅露愛特的呻吟聲，而微微醒過來。

「……住手……不要、這樣……不要再……打我了……！如果我、會讓妳們……不高興，那我考試的時候、都會交白卷的……！」

她在作惡夢。

因為剛才我讓她想起了學校的事情，害她作惡夢了。

「……好痛……好燙……！誰呀、誰快來幫我把衣服上的火滅掉……！我沒辦法、自己滅火呀……！啊啊，不要弄壞輪椅！要是沒有那個、我哪兒也不能……嗚……！」

就在我感覺到不對勁，而站起身子的時候——

——「碰！」一聲傳來梅露愛特摔下床的聲響。

「梅露愛特！」

我大叫一聲衝過去，發現梅露愛特從床鋪右側滾下床了。

她原本就很蒼白的臉變得更加蒼白——發現剛才是自己在作夢，而當場呆住。

在摔下床的時候，她無法動彈的雙腳宛如人偶般彎曲、重疊，兩腿張開。

「……嗚……！」

大概是因為沒有護身就摔到地上的關係，梅露愛特痛苦地縮起身子。

「妳沒受傷吧！頭或背部有沒有被撞到！」

正當我如此大叫，準備趕到她面前的時候——踏踏踏！門外傳來莎楔與恩朵拉奔上樓梯的腳步聲。結果梅露愛特慌慌張張地……

「……不、不准進來！不……不可以看到現在的我！」

把身體扭向房門，對門外如此大吼。姿勢依舊難堪。

身為貴族——而且被視為下任當家的梅露愛特，不能讓這個家的關係人看到自己難堪的模樣。畢竟要是因此被瞧不起，一切就完了。

而莎楔與恩朵拉也因為大小姐的命令，又因為是深夜中男女獨處的房間，並沒有馬上開門進來。

「妳們給我回去！誰命令妳們上來了！」

被發出尖銳聲音的梅露愛特如此斥責，女僕們的氣息畏畏縮縮地從走廊上遠去。

這下能夠幫助梅露愛特的人就只剩下我了，於是我對她伸出手——

卻「啪！」一聲被梅露愛特拍開。

「用不著你幫忙！我、我自己……可以起來！」

她說著，抓住床單——用纖細的雙臂奮力扭動身體——好不容易讓自己靠到床邊的她，接著用雙手搬動自己的右腳，然後左腳，粗魯地讓自己的雙腿合起來。

「……吁、吁……」

光是這樣就已經氣喘吁吁的梅露愛特，又緊咬牙根……

為了爬上床鋪，使出全力拉扯床單。

然而無情的是，她這行為只是讓床單不斷被扯下床，自己的身體卻始終無法爬上去。

「嗚……嗚……！」

即使梅露愛特披頭散髮地使盡吃奶的力氣……但怎麼看都知道很勉強。

於是，我雖然害怕她的巴流術——

不過還是把她輕盈的身體抱了起來。

因為感覺只是攙扶她應該沒辦法順利，所以我是用公主抱的方式。

「不要！不要！別碰我！我說過我可以自己起來了！你這個人，就因為我雙腳不好——」

自尊心高的梅露愛特，這下滿臉通紅地陷入驚慌狀態。

然而，這樣應該就不用怕她對我使出馬蔦了。

「如果妳真的可以靠自己的力量爬起來，我也沒打算要幫妳啦。就算是面對四肢健全的人，遇到有誰在勉強自己，通常也是會出手相助的吧？我並沒有特別對待妳的意思，不要無謂逞強。」

聽到我這麼說，梅露愛特——咚咚咚咚！

舉起拳頭敲打我的胸口和肩膀。這反應也和亞莉亞很像呢。

可是打擊技在雙方緊密的狀態下只能發揮出百分之十五左右的威力。雖然亞莉亞的拳頭即使如此也能擁有如鐵鎚般的破壞力，但梅露愛特的拳頭敲起來根本不痛不癢。

就在我因此大意的時候——碰！不知道梅露愛特是不是刻意瞄準的，忽然一記上鉤拳從絕妙的角度搥中我的下顎。

頓時腦袋一暈，變得腳步不穩的我——啪唰！

彷彿是把梅露愛特壓到床上似地往前倒下了。

「……嗚……！」

仰躺在床上的梅露愛特，看著趴在她嬌小身體上的我……

「太差勁了……！簡直教人瞧不起！你居然想對我惡作劇是嗎？」

藍色的雙眼冒出淚水，狠狠瞪向在她頭上的我。

從梅露愛特本人以及整張床鋪，都飄出如櫻桃般惹人憐愛的香氣。

「不，不是！我並沒有要對妳做什麼怪事的意思……！」

我說著，準備撐起自己的身體——

卻被梅露愛特一把抓住衣領，拉近她面前。

她接著用媲美亞莉亞的殺人眼神，瞪了我好一段時間後——

「本來這狀況我早就殺掉你了。不過……既然如此，你就做你想做的事情吧。我可以等到事後再殺了你。」

「我、我想做的事情……？」

「反正這樣就會像是我從姊姊大人手中把金次搶過來了。**姊姊大人得到的好東西，全部都要歸我**。」

梅露愛特她——

「這樣就好。這樣才公平。姊姊大人擁有優秀的肉體，可以自由行動，受到人們敬愛，就連情人都——一切的一切，她都能得到。可是我什麼都沒有！生來就是這樣的身體，因為這顆腦袋而被人恐懼，每個人都討厭我、說我乖僻，註定一輩子都要在這裡孤獨生活！這也未免太不公平了吧！」

梅露愛特她——其實是很羨慕亞莉亞的。

她很嫉妒明明同是姊妹，卻擁有一切自己想要的東西——能夠活蹦亂跳地全世界到處跑、受大家歡迎到甚至可以登上雜誌封面、與自己完全相反的亞莉亞。所以……

「——我就是為了這個目的，才決定和你見面的。雖然因為你提到學校的話題讓預訂時間有所變更，不過我本來就推理出第一天會變成這樣，也做好心理準備了。」

……她是為了把我從亞莉亞手中搶走、占為己有，才會把我軟禁在這裡的。

甚至還周全準備，把亞莉亞本人推給王子。

「我不會抵抗，但也絕不會發出聲音。我這麼做不是因為愛上你，而是為了把你從姊姊大人手中搶過來。並不是我成為了你的女人，而是你要成為我的男人。那個人的情人，這下也是我的東西了。」

即便年幼，女人天生就是女人——的意思嗎？思想比外觀成熟的梅露愛特……緊緊閉上雙眼，把手放開我的衣領，「啪！」一聲像左右同時打巴掌似地夾住我的雙頰，冷不防地——

準備朝我親過來。

看著那對淡粉紅色的嘴唇……

我豎起食指，輕輕制止了。

用不知不覺間完全進入的——爆發模式下的溫柔動作。

「情人，是嗎？這世上會有人對自己的情人一天開槍八次嗎？」

面對發現自己親到的是手指——不禁瞪大勿忘草色雙眼的梅露愛特，我苦笑一下，說起亞莉亞的壞話。

「而且，梅露愛特，明明沒有愛……卻做出那種事情，只會讓自己受傷喔。」

為了讓她先冷靜下來，我露出溫柔的笑臉……可是梅露愛特卻……

「同情也是愛的一種吧——你就同情這個悲哀的我，把自己獻給我呀……！」

說出了比我還高度的戀愛理論。

看來不要把話帶到那方面會比較好的樣子。雖然我因為她年紀小又是亞莉亞的妹妹，才踩住了煞車，但畢竟這女孩擁有堪稱魔性的異樣魅力啊。

就算對象不是天才兒童梅露愛特，這種時候的對話本身就很危險了。

因為加奈有說過，對話是連接男女最初的接觸。只要談到愛，話題就會接到情，接著到身體——一步接一步地，本能會試圖增強彼此的聯繫。

「同情……嗎？看來就是因為同情自己的感情，讓妳變成這樣的。不過，我並不覺得那種感情完全不好。認為自己擁有一切的人，是無法正視自己的存在。世上沒有完美無缺的人，所以人們才會努力，去達成各式各樣的事情。要辦到這點，首先必須要正視不完美的自己。視狀況，也有同情自己的必要。梅露愛特，妳做到了這點——是個成熟的人物。」

我說著這種像人生訓話的話語，同時扶起梅露愛特的身體。

用雙手把腳拉近自己、變成女孩子坐姿的梅露愛特……

從斜後方注視著坐在床緣的我。

「相對地，世上也沒有一無所有的人。梅露愛特說得沒錯，亞莉亞擁有各式各樣的東西。雖然數量不多，但我也是。當然，梅露愛特也是。真正擁有的人總是會忘記自己擁有的東西，不過妳擁有大量的財產、高度的智慧——以及如此可愛的外貌啊……」

說到這邊，我轉回身體，把手伸向她金色的秀髮與白皙的肌膚之間……

輕輕撫摸她的臉頰，結果……啪！

梅露愛特用自己的手背，把我的手拍掉。她拒絕我了。

這樣就好。今晚，我們之間只要這樣就好。

「少在那邊假好心腸地對我說那種像人生諮詢的話。不過，聽完金次的話……我推理出三件事情了。」

再度對我露出瞪視般的眼神，彷彿要看穿我深處的梅露愛特——

「第一，金次是真的沒有在同情我。你看到我這樣的身體、這樣的生活，真的都不會感到同情嗎？」

「不會，一點都不會。」

「……第二，我至今為止，都認為會真心對待我的人物——在這世上只有姊姊大人而已。但其實另外還有一個人。現在……金次是真心在對待我。你克服了恐懼與厭惡。你不只是對我，對任何事情一定都能拿出真心——只要是為了姊姊大人。」

「雖然我是秉持在女性面前不談其他女性話題的主義，不過既然是姊妹應該算特例吧。妳說得沒錯。」

就在這時，梅露愛特的眼眸中——

憤怒的表情消失了。

她接著把視線從我身上別開，用難過的眼神望向窗外。

倫敦的夜空中，星星閃耀……

……沉默了好一段時間後，梅露愛特再度看向我。

彷彿在不知不覺間切換了心情似的，恢復我們剛見面時的冷靜態度。

「然後第三點，這就是你的特殊能力對吧？」

用很像亞莉亞的動作伸手指著我的梅露愛特，眼神再度變得銳利起來。散發出跟剛才不同、梅露愛特本來的氛圍。

「我就如小步舞曲的舞步，循序漸進地告訴你。你從幾分鐘前開始，語氣、講話的內容以及眼神表情都變得跟之前不一樣了。我推測那是腦神經系統像學者症候群那樣進入了亢奮狀態。你看起來並沒有使用什麼精神藥物，所以那是在你體內處理的現象——也就是體質。我也早就知道那是你無法瞬間靠自己的意思操控的能力，因此那是你對我們醒過來之後到你發生變化之前的某件事情，做出心理上、身體上的反應所產生的變化。而在這段期間中，發生過的事情並不多。」

……糟了，我不小心就……

被看到了。被這個觀察力敏銳的女孩，意外詳細地看到了我自己。

「……」

我的額頭不禁冒出不同於炎熱反應的冷汗。

看到這點的梅露愛特，再次用勿忘草色的眼眸注視我——

「情緒爆發學者症候群。」

道出了她的推理。

……真是輸給她了。沒想到才短短半天的時間，就被她看穿啦。

不愧是夏洛克·福爾摩斯四世。對這女孩根本什麼事情都無法隱瞞嘛。

我默默不語，微微苦笑——代替我的回答。

「畢竟是極為稀有的特殊體質，讓我花了一點時間才推理出來。姊姊大人知道這件事嗎？」

「知道。雖然跟梅露愛特不一樣，花了十個月才發現。」

「唉呀，也就是說她些微領先我的意思了。看姊姊大人那個樣子，但其實要做的事情還是會做嘛。」

「妳有點誤會了。我的這個體質，呃……雖然需要興奮，但接觸並非必須。」

我想對方是女性而顧慮到她的心情如此說道後——

才發現自己失言了。

「——唉呀，那麼我真想看看接觸之後會如何呢。」

聽到我說的話，梅露愛特反而把身體探出來，說出這種話。

「反正那麼做的結果會讓我和金次在一起，也不用什麼星星了。我就給你十顆星星，然後……你離開姊姊身邊，到我這裡來。」

雖然她身為貴族的小孩，表現比較委婉。不過……

梅露愛特的欲求——她這句話的意思，我也多少明白了。

「居然在這種時候用上星星啊。這樣我也無從反抗了呢。」

「男女的事情對我來說，也是只看過影像——卻不知道具體內容的神祕之一。我可不會輕易放過獲得這個知識的大好機會。哦哦，對了……我還有個不情之請……根據影像，女性似乎多半會失去理智的樣子，所以……」

就在梅露愛特她……

「……我的腳，請金次幫我扶著喔。」

準備碰觸我的背部時——

——我起身離開床鋪。

接著走到窗邊，眺望在這個國家也看得到的獵戶座。

「星星……真是漂亮。要是在晚上從中拿掉十顆，倫敦的夜景都會被糟蹋掉啊。」

我說著，回頭看向一臉呆滯的梅露愛特……再度露出溫柔的微笑。

「星星我遲早會在白天時努力工作收集，不讓倫敦的人們發現的。所以說——晚安了，大小姐。」

宛如貴族的隨從般，把手放在胸口一鞠躬後……

我重新走向牆邊，不過還是盡量不遠離她身邊。

結果梅露愛特就……

有點做作地雙手交抱，鼓起腮幫子。

第一次對我做出很像十四歲小孩的動作。

「——至今的人生中，這是我覺得最羨慕姊姊大人的時候了。」

她說完後，意外乾脆地躺回床上。

唉呀，照梅露愛特的個性，這樣的結局……

——她其實也早就推理出來了吧。

早起淋浴後，我推著梅露愛特的輪椅走向餐廳。

在女僕們的幫忙下換上那套輕飄飄洋裝的梅露愛特……這時要我拿出星星卡片，於是我遞給她之後……

「昨天你跟我提到學校的話題，所以我要扣你一顆星星。」

我不想玩這個制度了啦。星星增減全看梅露愛特的心情而定，會不會太狡猾了？

「還有昨天晚上的事情，黑星三顆。」

「黑星是什麼啦？」

「就是扣分的星星。因為金次拒絕我，讓我丟臉了。」

用原子筆把隨便畫的三顆星星全部塗黑的梅露愛特，從頭巾下露出冷淡的眼神看向我。

那是什麼新規則啦。

明明很中意爆發模式下的我，卻不合理地虐待普通狀態的我。這種翻臉像翻書的感覺，也是姊妹一個樣啊。

不但沒賺到星星，還得到黑星＝欠下貸款的我，垂頭喪氣地把卡片放回胸前口袋。

「……」

悶悶不樂的我在經過一樓走廊的途中……

從面朝貝克街的窗戶看到一群準備去上學的女高中生。

在陰暗的天空下，她們每個人都背著袋棍球的球桿。大概是要去參加這個國家似乎也有的社團晨練。

綠色格紋的百褶裙配上白色上衣以及淡褐色外套……和日本女高中生的制服很相似。不知道在開心什麼，又說又笑的模樣也是。總覺得好像什麼煩惱都沒有，讓人莫名火大。

「真是一群吵死人的傢伙……天氣這麼差，還真是辛苦她們了。給我下大雨吧。什麼袋棍球，乾脆比賽中止算了。」

就在因為星星卡片的事情而心情不太好的我，對那群現充女生說出陰沉詛咒的時候……

「那樣的可能性並不低喔。雖然或許不會下雨，不過今天應該會打雷。袋棍球的規則中有規定，無論任何比賽只要聽到雷聲就要中斷呀。」

梅露愛特把嘴凹成「ㄟ」字形，故意不看窗外。

她這樣子……其實是自己也想參加社團吧。畢竟她在遊戲中有在玩，對規則又好像很熟。但因為沒有上學所以也無法參加，更重要的是自己沒有朋友，所以在鬧彆扭啊。

也就是說，都是因為那群女高中生經過的關係，害她變得更加不悅了。

這下搞不好又會讓黑星增加啦……正當我如此戰戰兢兢的時候……

「……嗯……！」

在準備進入餐廳的玄關邊，梅露愛特忽然發出有點沉悶的聲音。

「怎麼了？」

「沒事，只是**大自然在呼喚我**。去把莎楔或恩朵拉叫過來。」

大自然在、呼喚梅露愛特……？是指她想去庭園散散步嗎？

不想放過為梅露愛特工作，也就是賺取星星機會的我……

「那就到中庭去吧，那片花圃看起來就不錯啊。」

如此說著，「喀嚓」一聲打開通往中庭的門——結果冬季的寒風吹入室內。

因為那股寒意以及我的發言，不知道為什麼變得臉色發青的梅露愛特卻……

「這這這傢伙！你想讓貴族家的淑女做什麼事！快、快點去把女僕叫來！要是來不及要怎麼辦！」

「我也是為了得到星星很拚命啊！什麼叫來不及？我會幫忙妳的，跟我說妳想做什麼啦！」

「這個白痴！無能！平民！啊、啊、我已經、快……快、快點去叫女僕！」

面色發青的梅露愛特表現出以她來說很稀奇的焦急模樣——「碰！啪！」地抓起庭院前的掃把搥打我。這種會忽然發飆的樣子也跟亞莉亞一模一樣。還有我伸出手想要擋住掃把，她卻狠狠朝我咬過來的地方也是。

——我透過手機一查，所謂『Nature calls me.（大自然在呼喚我）』……是一句現代很少用到的做作隱語，簡單講就是『我想去廁所』的意思。

後來被恩朵拉全力衝刺送向廁所的梅露愛特，都雙手遮著通紅的臉哭出來啦。

一大早就害大小姐哭泣的我，但這時靈機一動——

面對表情看起來這次真的打算靠言語&槍殺徹底把我殺掉、抱著李．恩菲爾德步槍回來的梅露愛特，決定裝出還不知道『大自然』意思的樣子。「妳跑去哪裡了？」，我發動亞莉亞鍛鍊出來的『不管多害怕都要裝傻到底』技能。結果怒氣沖沖的梅露愛特似乎推理能力也大幅下降——「去、去哪裡也不關你的事吧」地把空氣槍收起來了。

雖然這次多虧她把我當白痴，讓我脫離了險境。不過……

照這樣子，卡片上遲早會被黑星塗得一片黑啊。

正當我內心開始發抖的時候——

「——早安！主人，大小姐。」

可靠的援軍在莎楔招待下來到玄關。

伴隨宛如楓糖般香甜的氣味，一句問好聲就讓福爾摩斯家緊繃的空氣當場緩和下來了。

「麗莎！來得好。梅露愛特，我介紹一下。這位就是我昨天說過的女僕，麗莎。麗莎，這位是亞莉亞的妹妹，梅露愛特大小姐。」

身穿水手女僕裝笑咪咪的麗莎——

第三位女僕捏起裙襬，鞠躬行禮。

「唉呦，好可愛的女僕。妳是荷蘭出身的對吧？那頂頭飾荷葉邊的折法，是阿姆斯特丹南部地區女僕專門學校的傳統手藝。而且妳講話也有現代荷蘭腔。」

據說對初次見面的人經常會這麼做的梅露愛特，像夏洛克一樣展示自己的推理能力。

「真是好聰穎、好高貴、好美麗的大小姐呢。麗莎由衷敬佩的同時，也深深感謝有幸能侍奉您。」

看到梅露愛特一副高高在上地伸出右手，於是麗莎假裝輕輕親吻她的手背……但實際上並沒有親下去。這樣遵循英國風禮儀的做法，似乎也深得梅露愛特大小姐喜歡的樣子。

麗莎緊接著打開行李箱……

「——這是方才從華生卿自家庭院栽植的肉桂葉上集來的晨露。做為見面禮，請您笑納。」

像在賄賂似地送上一個裝有少許液體的玻璃小瓶子。

「『將晨露沾在美麗女性的臉上，會讓她更加美麗』——虧妳會知道英國古老的傳聞呢。雖然有點過於奉承，不過很好，我就聘雇妳吧。」

好！即使梅露愛特的表情依然冷淡，但她願意採用麗莎了。

雖然這女僕其實有個淘氣的祕密，就是當她在滿月的夜晚瀕臨死亡，會變成一隻魔獸，不分敵我殲滅周圍的人，但就算是梅露愛特應該也推理不出這種事情。

麗莎，妳今後就努力工作，償還我欠下的黑星，然後為我賺更多星星吧。

我的腦袋中不禁想著這種像個壞丈夫的想法。

金次導演偷學華生導演起用麗莎的指示，可說是非常成功。

英國式的早餐似乎通常是像煮豆子一樣的東西配上麵包與柳橙汁……

但麗莎卻放棄了那樣在營養上還算均衡的菜單，而是和莎楔一起為梅露愛特做了一份巨大聖代。

然而這個麗莎特製聖代不但可以攝取到六大營養素，又不損味道與熱量。而且完全不添加人工調味料，全部以自然食材做成，簡直是如魔法般的玩意。

一口氣吃完這份女僕力超高的聖代後……

「所謂的聖代就是吃的美術，是藝術的一種呀。」

梅露愛特拐彎抹角地用一般論間接稱讚這份聖代，然後從一臉阿諛地出現在她面前的我手中拿走卡片，說著「你每天早上都讓她做這個吧」，同時幫我把黑星全部消掉了。

不只如此，來到洋館的麗莎可說是如魚得水。

她從莎楔&恩朵拉口中問完幾件事情，接著稍微巡視了一下梅露愛特家各房間後……

買來Times、Express、Mirror——不拘專門或大眾、各家報社的早報，從中挑選出梅露愛特應該會有興趣的報導，剪剪貼貼做成一份麗莎版剪報。

然後在梅露愛特握著精油菸斗閱讀那份剪報的時候，麗莎這次又站到輪椅旁輕輕為她梳頭髮。那動作看起來就算在美容師中也算高手等級，梅露愛特似乎也感到相當舒服的樣子，說著「你讓她每天早上都養成這樣的習慣」並且賜給了我一顆星星。

——很好。

主人＝我的失分，漸漸都被女僕挽救回來了。梅露愛特對於把麗莎的星星加在我卡片上的事情也沒表現出感到疑問的態度。『女僕的功勞就是主人的功勞』這樣乍看之下不合理的制度，在歐洲似乎很合理的樣子。

到了準備完午餐的時候，莎楔與恩朵拉大概是覺得從麗莎身上可以學到很多，完全把我家的女僕當前輩對待了。

而且麗莎在我們吃午餐的途中……

「我不會做料理。」

還捕捉到梅露愛特這樣一句發言，結果在餐後稍事休息後，靠三寸不爛之舌把梅露愛特騙進了廚房。

或許是覺得讓梅露愛特進入廚房是一件即便天地翻轉也絕不可能發生的事情，莎楔和恩朵拉都被嚇得腳軟了呢。

「那麼，請和麗莎一起做做看櫻桃塔吧。這樣下午茶的時間會變得很愉快喔。」

「才不要呢。那種女傭做的事情，我才不做。」

即便梅露愛特起初還如此拒絕，但麗莎還是發揮她得意的口才——成功把那個任性的梅露愛特留在廚房了。

然後，當麗莎拿著打蛋盆與打蛋器「咖咖咖」地攪動時，她的巨乳在宛如袋子般包覆雙峰的水手女僕裝底下隨著動作不斷搖晃……

「胸部大還真教人羨慕呢。」

結果梅露愛特大人這樣一句發言，又被麗莎捕捉到。

「不，這樣的胸部只會讓肩膀很酸而已。不過——在英國醫學期刊（British Medical Journal）上有刊登過一則報導，說這個動作可以動到上臂與胸部的肌肉，達到跟腋下淋巴腺按摩同樣的效果，間接使女性上圍升級。雖然沒有充分的醫學根據，但統計上看來似乎是真的。因此也不可否定，我的胸部是因為平常都在做這樣的事情而變成如此的。」

「把東西給我。還有，這件事要對亞莉亞姊姊保密。這樣一來我就能拉開和姊姊大人的差距，瞧瞧她不甘心的表情了。」

梅露愛特大小姐說著，就把打蛋盆與打蛋器搶過來自己攪拌，害莎楔和恩朵拉都當場昏過去往後倒下，我只能趕緊用雙手撐住那兩位的背啦。

「如果您喜歡，請問要不要加入豆漿和杏仁呢？這些據說都是可以讓成長期的女性胸部變大的食材喔。」

聽到麗莎說出那樣的話，梅露愛特就表情一轉，認真參加櫻桃塔的製作。即使嘴上依舊嘀嘀咕咕抱怨個不停，但一開始動手後便一路幫忙到把塔皮放入烤箱了。

「這要等多久？」

「約一百七十度然後等三十分鐘。這段時間中，我們來做攪拌生奶油還有奶黃醬吧。然後把這個砂糖粉……」

「撒上去對吧？要怎麼撒？這樣嗎？」

一不作二不休的梅露愛特打算徹底把塔做好，而有勇無謀地把砂糖灑到空中。

結果鼻腔似乎吸到了一點粉的麗莎——

「不，不是那……哈啾！」

雖然把臉從梅露愛特眼前別開，也摀住了自己的嘴巴，但還是打了一個噴嚏。

就在這時，唰！

（……！）

出、出現啦！跑出來啦！在金色長髮的頭上、荷葉邊像扇子一樣展開的女僕頭飾後面，獸耳彈出來了！打個噴嚏也會跑出來嗎！也太鬆了吧！

似乎連尾巴都跑出來的麗莎，裙子後側也鼓了起來……

「唉喲！」

「真、真是非常抱歉，大小姐！我居然不小心如此失禮……！請讓我致上歉意！嗯！嗯嗯！」

麗莎趕緊低頭道歉，梅露愛特卻碧眼閃閃發亮地一把抓住她的獸耳。

那感覺或許就像人類的耳朵被別人拉住，讓麗莎有點呻吟起來。

「這是怎麼回事！好可愛呀。快讓我觀察一下耳根和頭皮，我給妳一顆星星。莎楔、恩朵拉，不要倒在那邊，快把我的放大鏡拿過來。」

雖然把這種事用一句不小心就帶過去的麗莎很讓我傻眼，但比我想像中還要不通世俗的梅露愛特大小姐看到其實是個獸娘的新人女僕不但沒有感到驚慌，還表現出一副很有興趣的樣子。

我原本還焦急說她會不會因為我讓她雇用了這種女僕而扣我星星，沒想到她反而多送了我一顆星星呢。

不過麗莎啊，我勸妳拚死也要把尾巴藏起來比較好。

要不然妳可是會連裙子都被掀起來，讓梅露愛特觀察妳的屁股喔。

英國人似乎習慣一口氣製作大量的料理，然後一點一點把它吃完的樣子，因此我們連續三天的點心都是櫻桃塔。雖然梅露愛特完全把它當成是自己做的東西，一副很自傲的樣子，但畢竟那實際上是麗莎做的塔，所以真的很好吃就是了。

而就在第三天下午，我們在客廳吃著塔的時候——

（時間……應該差不多了。）

我瞥眼確認了一下古董座鐘，然後伸手握住梅露愛特的輪椅握把。

「妳昨天一整天都沒外出過吧？一天不出去吸一下外面的空氣，心情可是會很悶的。」

「唉呀，有什麼事？」

多虧麗莎的努力，我的卡片上現在已經畫了四顆星星。第一天三顆，然後第二天又一顆。

不過梅露愛特到這時似乎也開始變得沒那麼慷慨了，今天連一顆都還沒給我。

然而——我自己其實也遵循武偵憲章第五條——先發制人的精神，準備了新的手段。

「外面的空氣都是廢氣，對身體不好呀。」

「唉呀，別這麼說。之前不是也講過嗎？等我存了一點賭金——我們就用星星當賭注，來打賭一場。雖然有點遲了，不過我為妳準備了一份生日禮物。我就賭上四顆星星，贏了翻倍，輸了全失，怎樣？」

就這樣，我把麗莎一點一滴存下來的四顆星星拿來豪賭一場了。

就好像貴族在平民面前必須守住自己的面子一樣，主人如果老是讓女僕工作，自己卻整天滾來滾去，也很丟臉啊。

雖然打算把麗莎的夫人功勞拿來賭博翻倍的思考，怎麼看都是個糟糕丈夫的想法就是了。

「——唉呦，禮物嗎？反正一定是什麼無聊的東西，不過到底是什麼呢？正好我也覺得自己似乎給你太多星星了。好，我就接受你的挑戰。」

好，這次她也乖乖上鉤了。

「莎楔，恩朵拉，我要外出一趟。去拿披肩跟蓋腿毯過來。」

大概是加上披肩會太熱的關係，而把水手服領巾拿掉的梅露愛特如此一說，雙胞胎女僕都驚訝得大叫出「事隔一年！」「大小姐竟然要出門了！」這種話呢。

吐著白煙，在難得放晴的倫敦·貝克街人行道上——

我「嘰、嘰」地推動梅露愛特的輪椅走著。

對於似乎睽違一年的屋外，梅露愛特一點感想都沒有。

她依舊表情冷淡，含著夏洛克留下的菸斗享受櫻桃精油的香氣。

「就是這裡。」

走了五分鐘後到達的地點……

是位於現代化馬里波恩大道轉角處的一家玻璃牆外觀的現代風格咖啡廳。

「我為了給金次面子，刻意沒有推理，不過你究竟是要送我什麼呢？」

梅露愛特皺起眉頭，從斜下方抬頭看向我。

「呃……嗯，就是那個。妳看店裡面，那邊不是有個背對我們坐在椅子上，左邊頭上戴著白色花飾的黑長髮女孩嗎？年紀跟我差不多的。」

「是呀，我看到了。」

「她就是 Momoco。」

聽到我的發言，梅露愛特當場露出「！！？？」的表情，差點把她寶貝的菸斗弄掉，趕緊像丟沙包一樣在手中拋來拋去。

「我在網路上搜尋到，然後寄了一封訊息給她。結果對方也說想快點見到『Meru-et』。似乎是個有錢人，昨天就搭飛機從日本過來了。」

「你、你這人、給我做了什麼好事……！」

把對我的稱呼從『金次』降格到『你這人』的梅露愛特徹底慌張起來。

原本已經很白的臉變得更加蒼白，還露出超級驚慌的眼神。

大概是連輪椅都跟著她一起慌了，「噗咻～！」一聲從下方噴出水蒸汽呢。

「不過對方似乎也討厭男性的樣子，所以不想見我。但妳放心，我會在店外——坐在那邊的長凳上待命。萬一那女孩有什麼問題，我馬上就會過去救妳。」

我將事先準備好的『我們快到了』的訊息送出去，端端正正坐在白色餐桌旁的那個女孩就拿出自己的手機。我再送一次，她也重複同樣的動作。

「好，確實是 Momoco 本人。妳過去吧。」

「不、不要，我才不要！你跟我一起來。」

梅露愛特表現出至今為止最慌張的樣子。

連身為貴族的自尊都不知丟到哪兒去了，藍色的雙眼冒出淚珠，對我說著這種撒嬌的話。

「我是約好我不見面，才把她叫來的。武偵要遵守約定。」

「你、你跟她說了嗎？說我坐輪椅的事情。」

「沒有啦。沒必要講那種事吧？我才想問妳，沒跟 Momoco 提過嗎？」

「……嗚……」

……她隱瞞了這件事啊。

「我、我跟她說自己有在上學，而且還是籃球社的王牌選手呀。在聊天的時候，那個——一旦開始撒謊，就變得停不下來——最近甚至還說過自己在學校很有人緣，也兼任袋棍球的王牌之類的……！她都相信我說的話呀。然後還跟撒謊的我成為了朋友！」

梅露愛特一臉遇上緊急狀況的表情，把這些事情都對我攤牌了。

……畢竟如果只靠通訊，是看不到對方本人的。看來梅露愛特也犯下了從書信筆友的時代人類就經常會做的『以理想的自己欺騙對方』這項傳統技藝。

「那現在就是老實跟她講的好機會啦。說謊不是一件好事情吧？來，快去。」

我說著，把梅露愛特拉起的輪椅手煞車強制扳開。

「她不知道呀！不知道我是這樣……別說什麼王牌選手了，根本連靠自己的雙腳走路都辦不到，必須坐輪椅的事情！」

「坐輪椅有什麼不好？而且妳這輪椅又很時髦很帥氣，有點自信吧。」

「我除了姊姊大人以外，好幾年都沒有跟同世代的女孩子講過話呀！她說自己是高一生……我要回去了！你幫我跟Momoco道歉！」

梅露愛特為了快點逃跑，伸手抓住車輪——

——卻被我抓住她的手制止了。

「放手！我要回去！」

「不行，妳去跟她見個面。」

「不要，不要，我推理得出來呀。Momoco特地從遠方過來，卻見到我是這副德行——她一定會罵我是騙子！會討厭我的！Momoco是我唯一的朋友，可是這樣我曾失去她呀！我可以推理得出來！」

「我說妳……光是推理完就打算結束了嗎！」

連我自己都忍不住對梅露愛特火大起來——

堅持不讓她逃跑，而更加用力抓住她纖細的手臂。

「去顛覆那種推理啊。把對自己不好的推理全部翻盤！妳的確是個推理的天才兒童，但推理是為了什麼存在的？是為了參考推理結果，讓事情往好的方向發展吧？推理不是答案！做出行動，去見她一面——去創造出真正的答案啊！」

「……嗚……！」

第一次看到我真心動怒而放出的魄力——

開始懦弱的梅露愛特變得一點也不像她平常的個性，默默聽我說下去了。

「妳有從亞莉亞那裡聽說，到去年的七月，夏洛克都還活著的事情嗎？」

「……有。」

「就連那個夏洛克的推理，也曾經被推翻過啊。」

「怎麼會——那是不可能的。就我所知，曾爺爺一輩子都沒有發生過那樣的事情。是誰推翻了他的推理？」

「就是我。」

「哦哦……」

這傢伙居然在這時候表現出了解的樣子。

「過度愚蠢的人所做的行動，是無從推理的。像我剛才也沒推理不是嗎？因為我根本推理不出你竟然會把 momoco 帶來呀。」

「很抱歉我就是很愚蠢。不過這下妳懂了吧？推理不是絕對。管他是上帝的預言還是超級電腦的預測，只要看到自己不喜歡的未來，就去推翻它啊。人類就是能夠推翻它的存在。去吧，不是喪失，而是去交到**真正的朋友**吧！」

——聽到我『真正的朋友』這句話——

梅露愛特的眼神中總算放出了希望的光芒。雖然還有九成是絕望的表情啦。

等到我放開手後，梅露愛特便很有貴族的樣子，先把稍微弄亂的秀髮與輕飄飄的衣服整理好——

「……」

用顫抖的雙手握住剛才是為了逃跑而握的輪椅車輪。

然後，把輪椅推向咖啡廳的斜坡。

已經不需要我幫忙，而是靠自己的手轉著車輪。

大概是受到連夏洛克的推理都推翻的我鼓舞，不，更重要的是——因為內心抱著也許可以交到真正朋友的希望，梅露愛特她……

準備親自去挑戰身為名偵探的自己所做的『推理』這道高牆。

臉上還帶著跟戰鬥時的亞莉亞相似到讓人不禁苦笑的——勇敢表情。

因為是玻璃外牆的緣故，我可以清楚看到，梅露愛特進店後的表現可說是讓人忍不住讚嘆她果然是個貴族。首先凜然地來到 Momoco 面前，把手放在平坦的胸口上，用甚至會讓人迷上的優雅態度『初次見面』地打了一聲招呼——

接著在服務生端上下午茶套餐之後，開始交談。

起初果然還是感到意外的樣子，我看到那個叫 Momoco 的女孩表現得非常驚訝……不過她看來不是個會因此歧視別人的人物，到現在甚至一副很有興趣模樣地在和梅露愛特愉快聊天。

（唉呀，像梅露愛特腦袋那麼好，撒謊這種程度的事情應該隨便都能含糊過去吧。）

畢竟讀脣也不是什麼好事，因此我並沒有如此做……

我想說要喝個罐裝咖啡，但這裡是倫敦，不是像東京那樣治安良好的城市，所以並沒有到處裝設自動販賣機。

於是我只好把手插在口袋，像個無業遊民一樣呆呆坐著。

而那兩個女孩則是在溫暖又時尚的咖啡廳中，享用熱茶與甜點——

一直講話。

一直講話。

……也太久了吧。

不管我怎麼等，她們似乎都沒有結束聊天的跡象，前前後後已經聊了一個小時。

我猜她們現在應該正熱烈討論著遊戲之類的話題。

我是個萬一被ＭＩ６的菁英部隊·００系列發現，就搞不好會當場被殺掉，在英國被視為危險人物的武偵。在這種地方毫無防備地一直坐著，其實不是什麼好事情……

然而相對於入境時華生對我提過的嚴重警告，我倒是一次都沒感覺到那群傢伙接近。

所以應該也不用講那麼掃興的話吧？

後來……當那對遊戲同伴的女孩聊天時間進入第二個小時的時候……

梅露愛特起了變化。

她笑了。

她臉上露出笑容，而Momoco似乎也在嘻嘻笑著。兩個女孩看起來都很開心。

……恭喜妳啦，梅露愛特。

我就知道妳一定辦得到。畢竟妳可是當遇到自己不喜歡的預測，全都能（靠暴力）扭轉成對自己好的發展的那個亞莉亞的妹妹嘛。

話說，妳們還要聊啊？女人聊天真的有夠久的。我這邊可是冷得要命說。

到了傍晚……

梅露愛特總算從咖啡廳出來了。

不知道我就在這裡的Momoco大概是打算接著去觀光，拿著一本旅遊指南走在石板路上，朝攝政公園的方向離去。

雖然我到最後都只有看到背影，不過那個Momoco的氛圍，總覺得我好像在哪裡見過呢。

但畢竟有約好不跟我見面，我也不會做調查真面目這種不識相的行為啦。

「……怎麼樣？」

我揉著徹底冰冷的鼻子，對回到面前的梅露愛特如此詢問——

「正如金次所說，我推翻了自己的推理呢。雖然因為Momoco也偽裝了自己的年齡，所以也可以說是之前原本不確定的要素變得對我有利了啦。」

又是這樣拐彎抹角的感想，不過我看臉就知道。

即使她一臉名偵探般得意&貴族般冷漠的表情，但還是藏不住內心無比開心的情緒。

她在這部分依然還是個十四歲的少女呢。

「唉呀，妳們網聚過得愉快就好。」

就在我說著，然後回到她輪椅後方準備抓住握把的時候——

輪椅忽然原地一百八十度轉了過來。

正面轉向我的梅露愛特……

把手放到胸口上，用凜然又可愛的動作對我低下頭行禮。

「這真是一份美妙的生日禮物。謝謝你，金次。」

然後用可愛的娃娃聲對我如此說道後，抬起像剛才那樣可愛的笑臉。

「好，那妳就給我星星吧。」

光是籌畫一次網聚就費盡苦思的我馬上拿出星星卡，結果梅露愛特當場變回原本陰沉的表情——

「真是的，搞不懂你個人到底是識趣還是不識趣呢。不過，這次可以算是金次的完全勝利了。我萬萬沒想到你所謂的禮物，竟然是『朋友』呀。就讓我給你四顆星星吧。」

「這下就八顆了。能不能來個大放送，再給我兩顆啊？」

聽到我得意忘形地如此說道，梅露愛特伸手抱住我的衣袖……

「可是，那樣金次馬上就會離開我了不是嗎？」

再度輕輕笑著，吐了一下舌頭，露出同樣酷似亞莉亞、讓人不禁心頭一跳的可愛表情。

3彈　大英帝國的刺客

從那之後，梅露愛特變得只要我約她，就意外積極地會外出了。

畢竟就算有麗莎在，我如果一整天都窩在那房子裡也會覺得悶。既然難得來到倫敦，今天就一邊觀光一邊尋找獲得星星的頭緒吧。

這麼想的我，把麗莎以及穿著武偵高中男生制服的華生也叫出來……

推著梅露愛特大小姐的輪椅，走在艾比路（Abbey Road）上。

這是一條分隔倫敦康登區與西敏市的道路，因為披頭四的唱片封面照在此取景而出名。我們也模仿那張封面照片，按照把右手插在口袋的我（約翰）、梅露愛特（林哥）、裸足的華生（保羅）以及麗莎（喬治）的順序走過人行穿越道，請剛好路過的觀光客幫忙拍了一張紀念照呢。

就在我因此開心得忘我、有點公私不分地提出「那接下來要不要去塔橋或大笨鐘看看？」的提議時——

「……嗚……？」

一輛看起來應該是完全防彈車的高級轎車．戴姆勒ＤＳ４２０忽然在我們附近停下車。

用很明顯是盯上我們的停車方式。

我好歹也是個武偵，並不會因為這種事情被嚇到，不過……

看到親自駕駛那輛車的人物，我還是忍不住感到驚訝了。

一身耍帥的白色西裝，配上遮住眼睛的墨鏡。

──是霍華德王子。

走下車後，用戴著手套的手「碰」一聲關上車門的王子，拿起手帕摀住自己的鼻子。

接著朝我們的方向……

「這附近車子多，臭得要命。喂，你們自己過來。余即便不是在這種骯髒的場所也不想自己走動。別拖拖拉拉的。」

只伸出自己的食指彎一彎，叫我們過去。

「霍華德……！痛啊！」

「唉呦，真是教人意外。這不是──請恕我無禮，不能稱呼您的尊名。畢竟您看來是微服出巡的樣子。」

對劈頭就向王子直呼其名的我用力捏了一下手之後，企圖將來成為王家一員的梅露愛特自己推動輪椅靠近過去。

華生也驚訝得差點讓眼珠都跳出來，立刻聽從命令小步跑向王子面前。

「──金次，余是來問你事情的。」

我不得已只好和麗莎一起走向王子，接著他就用高傲的態度指名叫我了。

「我沒事情可以告訴你。」

對於因為亞莉亞的事情，從一開始就態度惡劣的我，華生露出戰戰兢兢的眼神，梅露愛特則是微微瞪了過來。

「金次，你是亞莉亞的情人對吧？」

聽到王子如此單刀直入的提問，我差點就一拳揮過去了。不過……說到底，那根本是和梅露愛特同樣的誤解。要是這世上真的有女朋友會對男朋友一天開八次槍，字典上對於『情人』的定義也該改寫一下啦。

因此我本來打算開口否定的，然而對霍華德莫名感到生氣的我卻──

「是又如何？」

不知道為什麼竟然將錯就錯地接話了。結果就在梅露愛特狠狠瞪向我、華生面紅耳赤、麗莎笑咪咪的同時冒出青筋，三個人各自露出不同表情的時候……

「正如上次所說，余現在雖然暫時把亞莉亞當成自己的武偵，不過將來有打算娶她為妻，讓她進入王家。你就放棄亞莉亞，今後不准再提起她的名字。畢竟我有讓ＭＩ６調查過，知道曾經跟你這個人物組過隊的事情，未來可能會成為亞莉亞的汙點啊。」

「唉呦，真是太棒了！姊姊大人會成為公主呢！」

明明自己已經推理出這樣的發展，梅露愛特還很做作地裝出開心的樣子。

「然而，你和亞莉亞是一對男女朋友，既然要拆散你們，余就把這賜給你吧。身為平民的你想必從來沒有看過這樣的金額。你就以此發誓，今後不會再與亞莉亞見面。」

王子說著……對我遞出一張顧資銀行（Coutts）的支票。

哼，打算用錢抹消過去的緋聞是嗎？王族也真俗氣呢。

「我不屑那種東西。就算給我一億日圓，我也拒絕。」

「你連英鎊換算都不會啊？這張紙換成日幣，可是更值錢喔。」

「不……不是那種問題。我在經濟上……也不是說不缺錢啦，但要和誰在一起應該是亞莉亞本人決定吧？」

「──不，在這個國家，平民有義務遵從貴族，而貴族有義務遵從王族。這就是所謂的身分地位。」

……居然能講得如此乾脆，真不愧是王子大人。

「天在人之上不造人。看來這方面英國比日本還落後整整一個世紀。而且因為金錢出賣夥伴，是身為武偵最不應該做的行為之一啦。」

「你為什麼要如此頑固地用無禮的方式拒絕余？」

這王子大概是有點天然呆，我都已經如小步舞曲的舞步循序漸進告訴他了，他卻疑惑地歪了一下頭。

「因為我討厭你啦。」

面對一個呆子，就應該簡潔明瞭地告訴對方。於是我如此直說後……

計畫搭亞莉亞的便車一起進入王宮的梅露愛特立刻出面圓場：

「——請容我代為致上歉意。這男人……」

然而王子卻……

「哈哈哈，無妨。反正也只是異國來的平民胡說八道。不過，真是巧——余也同樣非常討厭你啊。」

藏不住身為男人的嫉妒表情，對我狠狠說道。一反寬容的發言，態度相當生氣。

「你表情總算有點樣子啦，王子大人。」

「以一介平民來說，你的膽識不錯。那麼余就收回錢，賜給你別的獎賞。來決鬥。」

決鬥……？又冒出不合時代的話語了。

不過暴力可是我的擅長科目。看來要感謝武偵高中的日子終於來啦。

「要現在馬上來，我也不介意喔？我徒手空拳，然後我的槍給你用。」

看到「啪嘰啪嘰」地扳著手指、像個原始人一樣作勢嚇唬的我——王子用鼻子笑了一聲。

「你認為有身分地位的余會自己上場嗎？不過，余就把你這句話視為接受決鬥，讓余的代理人跟你打——出來吧。」

王子說著挺起胸膛，數秒後，從剛才就已經通過好幾輛的雙層巴士又有一輛行經車道……讓現場一時被巴士的影子覆蓋。

而就在影子通過、變得明亮的瞬間——

「……嗚……！」

我的身旁忽然出現一名年紀跟我差不多的英國男子。

「王子，要玩鬧也請適可而止。」

這名低聲呢喃的男子——

在出現之前，我完全沒有察覺到他的存在。

他是何方神聖……！

「……什、什麼時候……！」

華生也被嚇到了。連擁有西歐忍者之名的華生也沒察覺到他接近嗎？

就在麗莎與梅露愛特也同樣在警戒那名男子的氣氛中——

「武偵・遠山金次。能遇到你這位新露頭角前途無量的人物，我很高興。」

穿著連同背心的三件式深灰色西裝的那傢伙對我如此說道。

但他始終面朝著王子，眼睛也沒看向我。

「你是誰？」

「龐德。」

如此自稱的男子，灰色的頭髮剃成三分頭，雙眼顏色介於藍色與綠色中間。

「賽恩・龐德。」

先道姓再重講一次姓名，用這樣裝模作樣的方式自我介紹的賽恩——看起來是個純種的英國人。彷彿與純日本人的我成對似的，身高體格都很相似……然後，氣味也很像。也就是在日常生活中就會開槍的人特有的，無煙火藥的氣味。

「MI6啊。」

「沒錯，00系列的第七號。」

——登場啦。

英國引以為傲的世界最強外交諜報組織，英國情報局祕密情報部的——MI6。

那是以潛藏在伊斯蘭原教主義者、共產主義者、極左派、新興宗教等等組織中的恐怖分子為搜查對象、本部位於倫敦而實質上直屬於首相的組織。

我被華生警告之後有調查過，MI6會與內政情報組織MI5聯手對抗IRA（愛爾蘭共和軍）、為了防諜・防政變進行祕密偵查、與各國駐英大使館串聯等等，可說是為所欲為，到現在甚至有點失控地行使強權。是全世界都害怕的超武鬥派集團。

當中最恐怖的，就是被稱為人類最強的MI6特戰隊——00系列。

他們是一群只要惡棍敢碰英國一根寒毛，不須透過審判就能殺掉對方，擁有Murder License——『殺人執照』的超法規菁英。

雖然人數不詳，但我聽說只有幾人——而其中一名，居然是這麼年輕的小夥了嗎？

因為賽恩的出現頓時說不出話的我身邊，華生臉色大變，對賽恩叫道：

「Wait, wait……！這是怎麼回事！擔任那個職位的Mr. 龐德……應該不是像你這樣的少年才對呀！」

「華生卿，看來你稍微出國旅行一趟，天線的靈敏度就降低了。」

講話拐彎抹角似乎是英國人的國民性，賽恩先講了這麼一句話後——

「父親已經引退了。雖然我沒見過面，但資料上我是他的養子。」

「……嗚……」

用缺乏抑揚頓挫的低沉聲音冷淡說明，讓華生再度感到驚訝。

「賽恩是史上最年輕被選拔為００系列的才俊。余也想說要用他看看。」

我不理會一臉輕浮地誇耀自己手下的王子——

「能遇到真正的００系列，我也很光榮啊。就算只是個新人。」

瞪了一下從年齡上也可以知道是個新人的賽恩。

賽恩則是冷漠地對我一瞥，小聲回應：

「……你藏了什麼吧？」

「……！」

他究竟是指什麼——

從這傢伙一瞬間放出的殺氣，以及我呼應他的直覺就立刻知道了。

——是在講爆發模式。

這傢伙，才見面一分鐘就察覺到了，比梅露愛特還要快。

另外……

剛才那股彷彿用剃刀般銳利的小刀輕輕刺到我心臟的殺氣。

恐怕賽恩實際上真的能辦到這點，而我完全無法做出對應。

只靠現在的我……別說是秒殺了，大概零點幾秒就會被他殺掉。

即使在爆發模式下，一定也會處於弱勢。這男人就是如此強勁的對手。

——世界真是遼闊。沒想到跟我大致同年的人之中，會有如此銳利的人類。

「殿下，恕我直言。我並不想與這男人決鬥。」

賽恩面朝王子，用不帶感情的聲音如此說道。

「哦？為何？」

「戰力差距太大了。這男人連站上決鬥舞台的資格都沒有。」

「賽恩，你若是不聽從命令，余就解雇你，把這任務交給００８了。動手！」

在王子的一聲令下

「……Yes, Sire.（謹遵王命）」

從我身邊、依然面朝王子的賽恩身上——

……

……殺氣……！……要來了……！

００系列是一群只要為了英國什麼都會做的傢伙。而現在那個英國，就是**王子本人**。

這個愛國之鬼就算受到再怎麼不合理的命令都會實行——

「——遠山，快逃！你會被殺的！」

鏘鏘鏘鏘鏘鏘！從手肘、手腕、手背與指間彈出大量如卡片刀的利刃・全身武器的華生——

冷不防地把手臂像鞭子般揮向賽恩的脖子。然而……

「華生卿，恕我失禮，但這裡沒你的事。同為英格蘭人，沒必要為了外國人廝殺流血。」

賽恩動也沒動，就躲過了攻擊。

看起來是如此，但其實不對。我因為只有聽老爸說過術理，所以就算進入爆發模式應該也辦不到，不過他剛才那招很像琉球空手道中唯有王族會使用的體術‧御殿手。

那是一種動作時完全不破壞軀幹‧重心‧中心線等等身體平衡的招式。**不動而動**的體術。因為人類無法辨識那個動作，所以是想偷學也學不來的祕中密技。

（他能夠像瞬間移動般出現在這裡，也是靠這個嗎……！）

彷彿是在佐證我的想法似的，只有「碰！」的聲響從華生側頭部傳來──

華生就當場癱坐到地上。

──她、她昏過去了。

連狂怒爆發下的我也會陷入苦戰的對手華生……竟然才一擊就……！

「主人！」

麗莎這時抱住我，以身為盾背對賽恩。

「女人，讓開。」

賽恩用簡短的話語威嚇麗莎──

「不要！」

就在麗莎尖聲大叫的時候，她的腳邊……啪！

一顆子彈擊中柏油路面。

是賽恩對著地面開槍警告。我到事後才知道。

我當場完全沒發現他開槍。人在開槍之前，都會發出一種氣息——『我要開槍了』的氣息。因為只要做出開槍的行為就會伴隨某種結果，所以人在本能上必定會放出氣息。我過去對峙過的所有對手中，即便是那個夏洛克，也會放出那種『氣』。

然而，賽恩卻沒有。

對這傢伙來說，開槍根本是稀鬆平常的事。就好像人不會特別去注意自己呼吸，也不會察覺對方一吸氣一吐氣一樣，簡直如呼氣般很自然就開槍了。

這項特質……

唯有將人生全部耗費在戰鬥上的人才會擁有。只有日復一日、從早到晚投入在戰鬥行為中，讓戰鬥等同於呼吸程度的人才能學到的東西。

不是像我的爆發模式那種靠隱藏招式一躍變強的類型。

「就算只是威嚇射擊，身為英國紳士竟然對女性開槍。你也稍微手下留情點呀。」

事情發展到這地步，梅露愛特即便是面對王子手下的賽恩，也不禁以貴族身分出言勸告。

但賽恩卻一臉不以為然……

「梅露愛特・福爾摩斯女士，使用手槍在我的狀況反而就是手下留情了。還是說，

「我不要放水會比較好？」

我隔著麗莎的肩膀看到賽恩左手中，即便在大馬路邊也公然握著一把葛拉克18C改──

沒有擊錘的主動撞針式合成樹脂槍身手槍。

既然沒聽到開槍聲，可見它裝有最新的內藏式滅音器。雖然那是違法的東西，但這傢伙似乎並不管那種事。從柏油路面的碎裂方式看起來，子彈是用達姆彈。對於必須和無視規則行凶的恐怖分子戰鬥的這傢伙來說，『用什麼都行』的意思嗎？

另外──他讓我看到槍，就代表他沒打算用那玩意跟我打。

一如我的預測，賽恩朝我投擲出某樣東西。

因為這次的軌道會擊中麗莎，於是我──

──「啪！」一聲與麗莎換位，準備用手錶擋下那東西。

結果我的左手腕上，喀嚓……

……被一把手銬銬住了。

「身上穿著那麼髒的夾克，卻不喜歡被女人的血濺到的手銬嗎？」

賽恩說著，稍微拉了一下應該是超硬合金製成的手銬鍊……長度有一公尺。

這玩意應該幾乎沒有拘束人的機能吧？而且又只銬住我一隻手而已。

「我有訂下契約要保護她啊。」

我猜麗莎也是為了這個目的而抱住我的。多虧那對豐滿而柔軟、充滿母性香氣的胸部——進入了爆發模式的我，與賽恩正面對峙。

不知不覺間稍微與我拉開了距離的賽恩……

「——原來如此，是控制腎上腺素的類型嗎？」

用似乎曾經跟和我同類型的人戰鬥過的口吻低聲呢喃。

「……除了我還有別人？」

我用爆發性的語調試問了一下在哪裡還有患了這種疾病的人。結果……

「Yes, there WAS one in Cuba.（有，在古巴曾經有一個。）」

曾經有，但現在已經沒了，的意思嗎？

既然曾經有，為什麼會不見？不用問也知道。

果然，賽恩的實力足以殺掉和我同類型的非人哉人類啊。

「殿下，請上車。要是讓血沾到您的衣服就不好了。」

賽恩將手槍收回西裝胸口內，把鎖鏈另一頭的手銬——

「喀！」一聲銬在自己的右手腕上。

「鎖鏈生死戰嗎？武偵高中也流行過一段時期，但早已退流行啦。」

「這裡的壞小孩們到現在也經常會做。我們看起來應該也像那樣子吧。」

所謂的鎖鏈生死戰（Chain Deathmatch）——是起源於古代羅馬競技場的傳統決鬥方法。

用鎖鏈連接雙方的手臂，然後拿武器或徒手戰鬥。

特徵有兩點：適合決鬥場合、看起來簡單明瞭的對等條件——以及絕對無法臨陣逃跑的狀況也是一目了然。

「很好，很好，想必雙方都需要來一段開場白，余就准許你們對話。隨後便開始決鬥！」

用不著那個喜歡主持場面的王子下令……嗯，我就打打看吧。

雖然我原本並不想跟無冤無仇的賽恩戰鬥，但現在我已經對他有了攻擊華生與麗莎的新鮮仇恨啦。

「……遠山，讓我告訴你一件事。我父親在舊蘇俄與美國都未嘗敗績，但唯獨在冷戰時期於日本吃過一次敗北的滋味。而那個對手就是——遠山金叉，你的父親。」

「那跟我沒有關係吧？雖然之前有個集團也搬出祖先的事情找我打架，可是即便有血緣關係，老爸跟我是不同的個人。個人主義不就是你們西歐信奉的教條嗎？」

「你想當作沒關係也無妨。但我告訴了你一件事，你也要接受我一個問題。我從父親那邊繼承了一件與你有關的案子。把 Excalibur 還給大英博物館。」

「那玩意……是我從夏洛克手中奪來的東西。要怎麼使用是我的自由吧？」

「看來日本猴子分不清東西的價值。就算在女人面前，你也沒必要耍帥。立刻告訴我那東西的下落。」

「在女性面前耍帥是男人的本能啦。賽恩都不耍帥的嗎？」

「我身邊從來就沒有女人。」

「……那跟我的印象有點不同呢。你上一代可是出了名的多情男喔。」

「上一代就是因為那樣，經常被女人扯後腿。而我一輩子都不需要什麼愛，要是對方被抓為人質也只會妨礙任務而已。我所愛的對象只有一個——就是英國。」

討厭女人是嗎？雖然理由不同，但賽恩在這方面也跟我有點像呢。

好啦，我一年級的時候也在武偵高中做過幾次……

鎖鏈生死戰的獲勝方式，就是先發制人。

因為戰鬥性質上就算受到打擊也不能逃跑以調整呼吸步調，所以只要先發動攻擊成功，就能接續下去。因此……

「哦哦，話說回來，賽恩，你那條領帶的花紋仔細一看——」

我在講話途中，幾乎沒有預備動作地使出——

（——櫻花！）

打擊技中最基礎的基礎——正拳。

以伴隨「唰碰！」一聲轟響的亞音速。

磅————！第一拳就漂亮命中賽恩的臉。

鎖鏈「鏘！」地伸展開來。

「——賽恩！」

王子發出丟臉的叫聲，攙扶著華生的麗莎大聲歡呼，梅露愛特則是看起來在猶豫該為誰加油的樣子。

我想應該不至於這樣就被打死的賽恩……緩緩把身子重新轉向我，果然沒什麼大礙。雖然有流出一點鼻血就是了。

就在艾比路上零星的行人們露出驚訝的表情看向我們的時候……踏、踏、踏……賽恩用他那讓人抓不準追擊時機的步法走向我面前。

接著……

「……這樣嗎？」

小聲呢喃後，「唰碰！」一聲對我反擊——這、這是、櫻花……！是櫻花啊。

他連動全身的骨骼與肌肉，用亞音速的拳頭擊中我了。

該死，我不應該隨便秀出來的。

就好像我可以從閻身上把羅剎偷學過來一樣，這傢伙也能立刻複製他看到的招式。

讓他看得越多，就會被學走越多啊。

正當我猶豫不敢使出招式的時候，賽恩不放過機會——碰！磅！

用單純的拳擊交互出拳朝我毆打過來。

他的每一拳——都很重。而且這傢伙的步法又讓我無法閃避。彷彿連續被卡車撞到的打擊一點一滴累積起來。因為抓不準時機，我沒辦法使用橘花。而這傢伙出拳的時候，也完全不會放出『氣』。

（不妙……我的意識……！）

即使我想暫時退開，也會被鎖鏈阻撓。就算我逼不得已下打算無視於規則破壞鎖鏈——也使不出力氣。因為賽恩可以看穿我完全藏不住的『氣』，不斷妨礙我。

「——主人！」

麗莎的尖叫聲聽起來莫名遙遠。

再這樣下去，我真的會被殺的……在這種大馬路邊，被一個才見面五分鐘的男人……用單純的拳擊……！

面對連倒下去也做不到，只能被鎖鏈拉起身體的我——

「Checkmate了，遠山。」

賽恩在放出最後一擊前，小聲呢喃。抓準這個時機，我——喀嚓——利用遠山家代代相傳、受到束縛時使用的自行脫臼術，讓自己的左手腕骨脫臼。

接著，「啪！」一聲倒在地上。

而且在倒下瞬間故意讓左手著地，重新把骨頭接上……

「……遠山，你破壞前提。這樣殿下命令的決鬥都被糟蹋了。」

賽恩冷酷地鄙視我，嘆著氣如此說道。

「……準、準備了一條、可以讓人脫逃的鎖鏈，也有責任吧？」

我用袖口擦拭嘴角的鮮血，搖搖晃晃地站起來。

一方面也是因為我這句歪理，讓這場決鬥變得不了了之——

「——殿下，看來這隻日本猴子不明白『決鬥』這句話的意義。我認為應該先讓他理解英文之後，改天重新來過。」

「嗯，反正現在這樣余也會感到不暢快。不過賽恩，你要貶低這個連堂堂正正對戰都做不到的男人是無妨，但你今後不准再說日本的壞話。因為余將來的妻子很有可能是日本的混血兒啊。」

「遵命。」

——賽恩目送王子表示「啊啊，無聊透頂。」地打著呵欠上車後……在與我擦身而過的瞬間……

「把亞莉亞讓給王子。我不想殺你。」

將他的三分頭稍微靠近我，竊聲對我如此說道。用相當流暢的日文。

「……不想殺我？為什麼？賽恩不是擁有殺人執照嗎？」

「就是因為這樣。你有日本武偵法第9條的束縛，這樣並不公平。我剛才為了不殺掉你，有手下留情。你就識相點，退下吧。這是警告。要是有下次——我會殺了你。我雖然有做好成為卑鄙小人的覺悟，但還是不想真的那麼卑鄙。」

……對付爆發模式下的我……即使放水也能打敗嗎，這個男人？

這世上原來還是有這樣的傢伙。我完全敗給你啦，賽恩．龐德。

我帶著被賽恩毆打造成的傷害與爆發模式後的倦怠感，搖搖晃晃地回到貝克街221號後——

「真痛快呢，金次。這是我第一次親眼欣賞男人之間的互毆。現代的武士與騎士。

實在太有趣了。總覺得我今晚應該會興奮得睡不著覺呀。」

梅露愛特對著讓麗莎幫忙塗英國版紅藥水的我，說著沒頭沒腦的評語。

「那妳就給我星星吧。」

「我才剛給了你四顆吧？不會那麼快又給你呢。」

而且還按照她那種隨隨便便的規則，連觀賞費都不付給我。

與此同時，恢復意識的華生大概是真的對賽恩感到生氣的緣故，動用自由石斤的組織力量立刻幫我調查出那傢伙的資料了。

似乎因為是英國國內的事情，相對比較容易查出他的過去。賽恩其實是……

……幼年期在愛爾蘭共和軍殘黨的爆破恐怖行動中失去雙親的孤兒。

後來ＭＩ６發掘他的才能，讓他進入了培育後繼者的培訓機關——不分平日假日，甚至連聖誕節都沒有，十二年來不斷接受**訓練**。雖然特訓內容不明，不過從進入培訓機關的少年中有九成以上都『消失』的狀況可以輕易想像出來，那是生存率一成以下的活地獄。

在絕對效忠英國的洗腦教育下，被培養成一名強韌戰士的賽恩，據說在經常被陸海軍或警察機關挖角的ＭＩ６成員中也是一匹孤狼。

「那傢伙不是人類，是殺人機器。遠山——就算你覺得不甘心，也絕不可以再跟賽恩戰鬥了。至於ＭＩ６——那個惡劣組織，就由我向他們提出抗議。」

雖然頭上包著繃帶的華生依舊非常憤怒的樣子，不過……

實際交手過的我多少可以知道。

那傢伙應該不是什麼壞人。只是做事**不會判斷善惡**的類型。

一旦接到戰鬥的號令，就不會去思考哪一方正確，只管冷酷出手……

像冰一樣的男人。我對他有這樣的感覺。

「雖然這只是初步推理，不過就讓我如小步舞曲的舞步，循序漸進地告訴你們。」

似乎從剛才就一直心情不錯的梅露愛特，坐著輪椅插入我們的對話──

「金次是贏不過賽恩的。換言之，在重新來過的決鬥中，金次會向賽恩投降。這樣一來就算推舉賽恩為代理人的王子獲得勝利，亞莉亞姊姊會離開金次。因此，金次就會成為我的東西了。」

「最初步的前提上，只要我沒那個想法，我就不會成為妳的東西。」

聽到心情不悅的我板著臉如此說道……

「不管！不管！這麼愉快的金次是我的東西。貴族有義務遵從王族，平民有義務遵從貴族呀！」

梅露愛特一把抓住我還在痛的身體。每個貴族都是這麼自我中心啊。

「然後，我會成為王家的一員。這是至高的榮譽。但畢竟霍華德王子是僅限一代的王，所以我們也沒辦法持續以王族的身分住在宮殿就是了。」

「……？為什麼是僅限一代？」

「這是我從幫我治療的女醫生口中聽來、有門路的人才會知道的情報。據說王子的身體有一部分不健全，因此完全無法進行留下後代的行為呀。」
「一部分是哪一部分啦？」
「拜託你稍微領會一下吧。那可不是淑女能說出口的部位。」
梅露愛特用菸斗敲打我還在痛的頭部，卻不告訴我答案……不過就算了吧。
「再說，讓姊姊大人留在金次身邊，也只會讓她被緋緋神附身不是嗎？所以只要把姊姊大人託付給王家，這個問題也暫時可以放心。畢竟戒備森嚴的王宮可說是與鬥爭無緣的領域，而且等我也進去後，就能再度和姊姊大人一起生活啦。」
就在梅露愛特一臉得意地發表高論的時候……
……鈴鈴鈴……鈴鈴鈴……
忽然傳來很古典的金屬鈴聲。是傳統式的室內電話在響。
梅露愛特移動輪椅，從接起電話的莎楔手中拿過話筒──
「……是，是。是呀，姊姊大人，金次非常照顧梅露愛特呢。尤其是晚上，洗完澡之後也會好好疼愛我呢。嗯？不，我們睡在同一間房間喔。」
……總覺得……
這通電話是不是不太妙？
對方是誰？梅露愛特剛才是不是說了『姊姊大人』？
難道說，是亞莉、亞莉……妳在胡亂編什麼故事啦，梅露愛特！
「金次，電話換你聽。是白金漢宮的亞莉亞姊姊打來的。」

──果然！

我頓時忘了全身疼痛，撲向最近已經徹底習慣笑臉的梅露愛特朝我遞出的話筒──

嗚哇！話筒居然因為不需要貼到耳邊就能聽到的怒吼聲在震動啦。

而且還像剛釣起來的魚一樣，在我手上跳來跳去。這下看來亞莉亞真的發飆了。

「……亞莉亞？」

我戰戰兢兢地接聽電話後，亞莉亞便馬上開始說教：

『──金次！你和賽恩打架了對不對！他可是人類最強等級的殺手呀！你想死嗎！到底在做什麼啦這個笨金次！話說你沒事吧？手腳都還在嗎？有沒有被戳瞎或是拔掉舌頭？』

賽恩給人的印象到底有多魔鬼啦……

「要是舌頭被拔掉，我現在也不能講話吧？他沒取我的命啦，別擔心。而且我和MI6敵對也不是現在才開始的。之前在香港我就把薩克遜劍（Excalibur）弄不見啦。」

『受不了你……唉呀，反正你看來還活著，我也放心多了。不過你既然跟賽恩打架卻沒有死，代表你又變了對吧？是靠誰變的？要是你敢對梅露做什麼事，我就把你開個大洞喔，連同梅露一起。』

亞莉亞現在已經知道我是靠性亢奮進入爆發模式的事情了。

這點還真麻煩啊。雖然她感覺很有精神，我也放心多了啦。

「……比起那種事，妳的金龜婿計畫又進行得怎麼樣了？」

我這時同時使出「岔開話題」與「惱羞成怒」的雙重奧義。

『什、什麼金龜婿，才沒有進行得怎麼樣呢。我白天就是在宮殿晃來晃去，偶爾因為晚宴或公務護衛霍華德，然後晚上回到飯店**自我訓練**啦。』

「那就跟妳平常也晃來晃去的生活沒什麼差別嘛。」

『我開你洞喔。真是的……只要讓你扯上關係，什麼事都會變得一團亂呀。總之你這下明白現在是想靠正規方式解決色金問題也無從著手、很複雜的狀況了吧？你就暫時給我安分一點。要是平常有事沒事就跟賽恩或梅露愛特接觸，有幾條命都不夠用啦！』

——鏘！大概是因為沒桃饅可吃而極度不悅的亞莉亞，用力把電話掛斷了。

對我個人來說，比起三不五時就遭遇到亞莉亞、白雪跟理子的東京，我在倫敦的日子反而生命值減得比較少呢。不過話說回來……

（亞莉亞的樣子，感覺有點危險啊。）

自從我來到英國後，不好的預感總是很悲哀地準確，讓我不禁皺起眉頭。

亞莉亞感覺是很在意自己會變成緋緋神的時限而在焦急。然後現在因為王子的事情讓她認為有可能是解決問題的機會，我卻在某種意義上像在插手妨礙似地跟賽恩進行了決鬥，所以讓她腦袋變得一團亂了。她的聲音聽起來就是這種感覺。

只要變成那樣——亞莉亞就有一種做出莫名其妙的行動讓狀況惡化的習性。

我在宮殿前與亞莉亞接近的時候，毫無動靜的緋緋色金跟瑠瑠色金。亞莉亞、梅露愛特、星星制度、霍華德王子、賽恩——

我也知道事情變得越來越複雜了。

然而當需要解決的問題增加太多，人就容易陷入慌亂。在慌亂的狀態下，就會變得搞不清楚事情的優先順序，甚至變得什麼都不想做。

因此……遇到這種時候就應該放棄一口氣思考全部的事情，而是一件一件按部就班地解決。

畢竟就算沒辦法同時與十個人戰鬥，至少也可以一個人一個人依序對付。這道理是我跟老爸學來的就是了。

於是我——

無視於亞莉亞的命令，決定首先要專心從至今依然沒打算告訴我色金事情的梅露愛特手中收集星星了。

星星還剩兩顆。這件事已經差不多快要解決了。我要小心別又惹梅露愛特不開心讓她扣我星星，然後度過這座倫敦的星星之橋。

4彈　時鐘塔的雙劍雙槍

我不好的預感，看來這次又中了。

隔天早上，梅露愛特剛起床就接到白金漢宮侍女長打來的電話——

說是亞莉亞不知道對王子留下了什麼話之後，**失蹤**了。雖然感覺並不是曠職而是臨時請假，但因為亞莉亞沒有告知去向與請假時間便消失的關係……為了掌握行程，希望要是她回到老家就向宮殿報告一聲。

「姊姊大人還是老樣子自由奔放呢。不過這動向讓人有點在意。」

梅露愛特似乎也有什麼不好的預感，而稍微在推理亞莉亞的去處。

既然如此，我為了得到可以拿來當線索的情報——

馬上就撥了一通電話給亞莉亞的戰妹．間宮明里。結果電話很快就接通……

「——喂，間宮，妳今天也是一大早就在跟蹤亞莉亞嗎？」

『才～不～是～呢！這是護衛。不過學長說得沒錯，我現在也看得到學姊。』

搞什麼，根本一下子就找到亞莉亞了嘛。害人白操心。

「她在哪裡？」

『在咖啡廳跟朋友吃早餐呀？跟一個看起來很文靜、很可愛的女孩子。』

間宮雖然聽起來有點不甘心的樣子，但如果亞莉亞只是跟女生在一起，她就不會像之前當吸盤魚貼在王子車下時那樣放出殺氣，真是個教人搞不懂的女人。

話說……

這讓我有點在意啊。雖然沒有像梅露愛特那麼嚴重，不過亞莉亞的朋友也很少。而且她根本就是和文靜的女孩子電波不合的類型吧？

「……妳可以拍一張那個朋友的照片寄給我嗎？」

『是可以呀，但是要收錢。畢竟是武偵對武偵提出的委託，收兩千。』

於是，我暗自決定事後要用握著四枚500元銅板的拳頭，揍那個只要對方是男性就很不合作的間宮——同時等待她的郵件。

不久後寄到我手機的照片中，是在一家設置了古典造型暖爐的露天咖啡廳裡，把紙袋放在空位上、各自享用咖啡與紅茶並吃著輕食的……

身穿武偵高中女生制服的亞莉亞，以及……

穿著像日本女高中生制服的夾克，配上格紋百褶裙，頭戴羽毛帽的少女。

——看到那名少女的長相，我的臉當場失去血色。

（颱風的、**莎拉**……！）

是前眷屬的傭兵，現在受雇於霸美那群緋鬼一族的弓箭手——莎拉・漢！

莎拉是英格蘭英雄羅賓・漢的子孫。是個英國人，所以會出現在倫敦也不奇怪。

但不久前還搭乘富嶽飛在東京上空的她，竟然在這種時間點歸國——

——看來是那群鬼在作祟。

那群鬼莫名其妙可以知道亞莉亞的所在地。簡直就像有什麼人在背後推理、給她們建議一樣。

想必那群鬼是定期在觀察亞莉亞的樣子，估算她們期待的緋緋神正式降臨的時期。只要判斷時辰已近——她們搞不好就會把亞莉亞擄走。

「間宮，我再多付妳兩千，妳絕對不要把亞莉亞跟丟。」

我雖然趕緊再撥電話對間宮這麼講——

但間宮卻說亞莉亞和莎拉進去店裡後就沒再回來了。而且還用有習性一起上廁所的女高中生思考邏輯說什麼『會不會是去上洗手間了？』，但根本不是那樣。是莎拉察覺跟蹤，企圖甩掉間宮啊。這種時候要從負面思考才對。

為了不要繼續落後對手，我趕緊把狀況告訴了梅露愛特。結果……

「不妙啊，亞莉亞看來已經被帶走了。」

聽到反而是我自己變得有點慌亂地如此說道後——

「不要慌，金次。既然被帶走，只要先繞到對方的目的地就行了。而且聽你的描述，要判斷是『被帶走』還言之過早。事實有可能是更加不利呀。」

梅露愛特含著飄出櫻桃香氣的菸斗，眺望窗外。

「不利……？」

就在我疑惑地皺起眉頭的時候……

追加狀況發生了。

一名不請自來的客人出現在梅露愛特的家。

莎楔與恩朵拉誠惶誠恐地招待到客廳的——

是一名身穿昂貴白西裝搭配墨鏡，腳下套著白色蛇皮靴的高䠷男子。

「——亞莉亞有沒有在這裡？哦哦對了，余是個有身分立場的人物，因此余來到這裡的事情不可外傳。這可是『微服出巡（incognito）』。」

正是微服變裝一點都不微服、讓人一看就知道的霍華德王子大人。

「亞莉亞不在這裡啦，霍華德。現在我們忙得要命，沒時間跟你……痛啊！」

「這不是王子殿下嗎？竟然在這麼早的時間就蒞臨寒舍，延續上次的拜謁，實在深感榮幸。原來霍華德殿下親自在找尋亞莉亞姊姊的下落，真是光榮呢。」

用力扯了一下我屁股的梅露愛特，輕輕捏起裙子行禮。

「沒錯。畢竟要是跟ＭＩ６或倫敦警察廳講這種事，會影響亞莉亞的資歷。更重要的是余希望親自探望她啊。」

「唔，您說**探望**，請問是姊姊大人身體有什麼不舒服嗎？」

梅露愛特取悅霍華德讓他變得多話，然後巧妙地捕捉他講出來的關鍵字。

「似乎是那樣。亞莉亞對余留下一句『自己要去治療宿疾，請批准一段休假』這樣，可是余問她『要去哪一間醫院？』她卻只搖頭不答。因此余還以為她是要在自己家或親族家中療養啊。」

「霍華德，亞莉亞那是裝病啦。那傢伙可是個超級健康兒童。」

就在我對霍華德這段感覺一點用處都派不上的情報表示不屑的時候，一旁的梅露愛特「嘰……」一聲推著輪椅來到客廳中央。

「──雖然這是讓王太子殿下的耳朵聽到會很丟臉的初步推理，但因為現場還有個腦袋不靈光的E級武偵──就請讓我如小步舞曲的舞步，循序漸進地說明吧。」

她的眼神──變得遠比平常還要銳利。

夏洛克在伊・U上也曾經幾度短短露出過這樣的眼神。看起來簡直一模一樣。原來那是把腦袋發揮推理能力的開關打開時的眼神啊。

「姊姊大人是個不擅於說謊的人物。而說謊技巧笨拙的人會無意識中考慮到事後要化解矛盾，因此只會改變說法說出事實。換言之，那並不算說謊，而是真話。然後，姊姊大人並沒有可以稱之為『宿疾』的東西──除了跟埋在她心臟附近的子彈有關的問題。我想姊姊大人是將它用『宿疾』這個字眼表現出來的。」

埋在亞莉亞心臟附近的子彈──緋彈。

跟那有關的問題。

──也就是緋緋神的事情嗎？

「而為了『治療』它，姊姊大人必須收集幾個她過去被盜走的某樣東西。雖然那已經幾乎快收集齊全了，但因為有位名叫霸美的人物握有最後一個卻遲遲不願歸還──

所以姊姊大人應該是打算親自去搶回來。這就是『去』的意思。」

……『去』、『治療』、『宿疾』。這些詞所代表的意義……

是說她為了防止自己變成緋緋神，打算去從霸美手中搶回殼金的意思。

「──那個笨蛋，為什麼要自己一個人亂衝！叫我一聲不就好了嗎……！」

我顧不得現在是在王子面前，就確認起自己的手槍同時埋怨嘀咕。

亞莉亞，妳……明明說過要我救妳的。

我們不是在溫室約定好了嗎？說我會成為妳的夥伴。可是為什麼……！

「只要金次接近姊姊大人，賽恩就會有動作。我想姊姊大人是為了不要讓金次被賽恩殺掉，才會選擇自己一個人也能搶回東西的方法──也就是潛入霸美的據點。」

……潛入搜查……！

那種事情怎麼可能自己一個人辦到啦！亞莉亞到底是獨立心過剩到什麼地步！

她的確原本是個單獨武偵，會擅自行動，解決事件。

就因為說會救她的我實在太不可靠，讓她變得自暴自棄……

那個壞習慣又犯了……！

「回到倫敦後，姊姊大人周圍的環境變了。姊姊大人想必是用這點當理由，要仲介人帶她去霸美的地方。」

雖然梅露愛特因為在霍華德面前，所以講得有點模糊──

不過我也聽出這段推理的意義了。亞莉亞只要反過來利用仲介人，也就是莎拉跟她接觸的機會……說明自己快要被迫與王子結婚的狀況，並且表示自己『想逃』就行了。

對那些鬼而言，這種話的可信度很高──而且簡直就像獵物自己送上門一樣。

原本感覺在變成緋緋神之前都不會過來的亞莉亞，現在既然表示自己在尋求亡命去處，『那麼就過來吧』。

到這裡為止，的確是很容易的事情。對企圖潛入搜查的亞莉亞來說也是。

然而，困難的還在後頭啊。就算亞莉亞真的假裝成為霸美她們的同伴，成功潛入了鬼的老巢……接下來還必須從閻、津羽鬼、莎拉以及其他的鬼守護的鬼大將・霸美肚子中搶回殼金，平安脫逃出來，回到玉藻所在的日本才行。

……該死……

亞莉亞一個人擅自亂衝，讓周圍的人必須追上她。

根本就變得和去年四月公車劫持事件時一樣了。不過──

「梅露愛特，如果真如妳所說，那我就算被嫌雞婆也要去把亞莉亞救出來。這案件不管怎麼看都不是那傢伙一個人能夠解決的。現在應該還來得及阻止才對。」

只要我現在出面把亞莉亞抓回來，她的逃亡計畫就會中止了。

但要是沒處理好，我搞不好必須和莎拉打上一場。

莎拉是狙擊手──是弓箭手，同時是個魔女。對我而言是最難對付的敵人。

就好像在遊戲中，火屬性的角色要挑戰水屬性的角色一樣，會面臨實力差距以上的不利狀況。

「那個仲介人，是個我對付起來風險很高的對手。雖然我並不想主動找她戰鬥，但既然要打，我就需要某種程度上的覺悟。」

我拿出手機，把亞莉亞和莎拉的照片亮給梅露愛特看，並如此說道。

「妳所說的終究只是推理。為了讓我有覺悟挑戰這個案件，我需要能證明妳的推理為真的證據──確切的證據。」

面對「喀」一聲把手槍上膛後收回槍套的我──

梅露愛特用帶有強烈意志的勿忘草色眼眸望過來。

「我有確證。」

「──因為我是她的妹妹。」

我──

「沒有比這更確實的根據了。」

只回應了她這麼一句話。好，亞莉亞奪還作戰確定實行。

話雖如此，但倫敦很大，首先必須從中找出亞莉亞的下落才行。

而不出我所料，間宮果然跟丟了亞莉亞。因此──

我轉向似乎腦袋比我還差、對梅露愛特所說的話有聽沒懂的霍華德……

「霍華德，照這樣下去，亞莉亞會被人擄走。不，應該說是她自願被擄走。所以快點用你的權力動用警察，找出她的下落。然後我過去救她。」

我有點在講解似地如此說道後……

「你剛才沒聽余講話嗎？余是有身分立場的人物，將來會成為皇太子妃的亞莉亞也是一樣。要是為了這種事動用警察，一定會成為醜聞。余拒絕。」

「現在不是去在意什麼醜聞的時候了吧！別廢話了，快點——」

「你們立刻帶余到亞莉亞的地方。不過氣氛上感覺有可能要打上一場的樣子。幸好余把這東西帶來了。」

比亞莉亞還要自我中心的霍華德如此說著——

用一看就知道是門外漢的動作，掏出一把裝飾華麗的左輪手槍（韋伯利ＭｋⅣ），「安全裝置要怎麼打開？」地胡亂操作。甚至無意識地不斷把槍口朝向我或莎楔……

「——危險死啦！不要隨便在這種地方把保險打開！不要把手指放在扳機上！那種動作只要在準備開槍前跟開槍瞬間做就好了！你不是待過陸軍嗎！」

「沒錯，余加入過陸軍第8旅團的第29工兵隊，炸彈處理隊。」

「那為什麼連這種事情都不知道！」

我伸手抓住那把簡直像美術品的左輪手槍如此大叫……

「因為余在軍中只有上過炸彈處理的講座課程。周圍的人從來不讓余觸碰這樣危險的凶器啊。」

結果這個傢伙竟然一臉若無其事地講出這種話。還真的是一點用場都派不上啊……！

「——關於姊姊大人的下落，雖然只是初步推理，不過我知道。」

相對地，在這種時候很可靠的梅露愛特則是——

「剛才那張照片中的咖啡廳，是從霍本車站沿南安普敦路往北走七十公尺處的自由邦咖啡廳。既然會在倫敦的市中心進行應該不太想讓人發現的會面，可見對方在市區內也有據點。照片中的少女拿的紙袋是酒行的東西。從袋子大小以及皺摺也可以知道酒瓶的形狀。是倫敦最近流行的一種蒸餾酒 Shimin arkhi。莎拉她喝酒嗎？」

「不，之前在富嶽上——就算其他人在開酒宴，她也滴酒不沾。是個只吃水煮青花菜的偏食女人。」

「照片中的餐桌上有一盤沙拉，也可以看到另一個盤子上裝有莎拉從中挑掉的水煮蛋切片。可見她是個素食主義者——而且是完全不吃蛋或乳製品等等動物性食物的純素食主義者（vegan）。既然如此，這瓶酒就很奇怪了。Shimin arkhi 是用牛奶或羊奶的乳糖酒精發酵製成的乳酒，也就是源自動物的酒類。因此這應該是她受誰的差遣買來的東西。」

從梅露愛特博學的推理中，我知道了……也就是說……

「該死！有鬼啊。鬼很喜歡酒跟米，會暴飲暴食那些東西。」

不只莎拉而已，連鬼也在。這下不妙，必須快點找到亞莉亞才行……！

「上次在散步的時候我有看到，卡多根餐廳專用的貨車裝了日本米的袋子。那間餐廳很堅持使用英國國產的食材，除非有客人大量要求，否則是絕不使用進口品的。但當時卻特地買了日本的米，讓我覺得有點奇怪呀。」

虧、虧她能注意到那種事情啊，而且還記得那麼清楚。

我連走過什麼路都記不太清楚的說。

「那間餐廳在哪裡？」

「沿著切恩道走——會看到一艘總是停泊在泰晤士河岸的小型客船。那整艘船就是卡多根餐廳。」

推理完亞莉亞下落的梅露愛特，接著讓輪椅朝玄關方向自動行走。

等我跟上她之後……

「我們到貝克街的紳士服飾店去。那間餐廳必須穿著正式服裝才能進去。要是你穿那種隨便的衣服，只會被拒絕入店、變得不知所措喔。」

「不，現在根本沒時間訂做什麼衣服——」

莎楔與恩朵拉一左一右走近梅露愛特，為她準備披肩與蓋腿毯。於是我只好把頭從兩人中間探進去如此說道……

結果梅露愛特「叩」一聲用菸斗敲我的腦袋。

「我們早就已經處於被動狀態了。只顧急著莽撞硬闖是下下策。在這種情況下，必須要趁對手不注意的時候做出行動呀。」

「不注意？鬼跟莎拉怎麼可能會同時鬆懈——」

「唉呦，金次，這可是很初步的推理喔。任何人，不，任何動物都會在某種時間變得鬆懈大意。即使有其他重要的東西，也必須把視線移開的時機。」

「那是什麼時候？」

「用餐時。」

梅露愛特如此回答後，並沒有像平常那樣命令我們——

「A belly full of gluttony will never study willingly.（飽食會使人頭腦遲鈍）畢竟米是最快消化吸收的食品之一，如果又嗜酒，那正是好機會。你就趁敵人變得注意力散漫的時候，去打擾對方吧。」

——而是為了姊姊，親自推開了福爾摩斯家的大門。

要現成品，防彈纖維製成，又要符合我的體型——

這樣一來就幾乎沒得挑，我只好讓見到梅露愛特便一大早親自接應的老店長幫我穿上了一套黑色西裝。

那是一件完全服貼身體的緊身夾克，肩線下垂、領襟細窄、從背後看起來像個X型一樣微高窄腰的……純英國風西裝。

而且還強烈要求三顆鈕扣中只有中間那顆扣上，袖口的鈕扣也左右各解開一顆的英式穿法。這樣看起來根本就像釦子被扯掉了吧？

「講究得太過帥氣，反而有種、很矬的感覺啊……而且型又很舊……」

最後甚至被繫上黑紫色的細領帶、搭配白色胸前口袋巾的我如此嘀咕後……

「別這麼說，你穿起來很好看喔？讓我都重新迷上你了呢。」

和我一起走出店外的梅露愛特，露出真心覺得很帥氣的表情抬頭看向我。

對於那樣『蟀氣』的我，莎楔與恩朵拉在梅露愛特的命令下騎過來為我準備的交通工具卻是……腳踏車。市民為了節能減碳而使用的公共租借腳踏車。

而且還是兩人座、給情侶騎的那種超矬的類型。現在整條貝克街上能找到的似乎就只剩這輛的樣子。

用電話聯絡的華生雖然在距離上開車過來會比較快，但據說在經常塞車的倫敦市街，騎腳踏車會比開車好，於是我只好跨到那輛腳踏車的前座了。

可是……我對腳踏車有種恐懼的說。因為四月的那場腳踏車劫持事件。

而且後來又接連遇上公車劫持跟飛機劫持啊。

就在我對著遠處的新教教堂樸素的十字架祈禱這次不要又遇上那種事……接著姑且確認了一下坐墊下沒有裝炸彈的時候——

「哦，這就是腳踏車嗎？余從來沒騎過，感覺很有趣的樣子。」

嗚哇，馬上就被劫持啦。

身穿白西裝的王子在後座的坐墊上鋪一條手帕就坐上去了，而且還面露笑容。

「給我下車啦！你不需要跟過去！」

「你應該也知道，亞莉亞的個性很倔強的。要是你叫她回來她卻不聽，你要怎麼辦？所以余過去命令她回來，畢竟身為貴族的亞莉亞不能違抗余的命令。來，快點帶路。」

自我中心的霍華德看起來死也不肯下車的樣子，而梅露愛特似乎又不反抗王族的意思。因此我只好——

「好啦，隨便你！但不管你發生什麼事，我都不會救你！」

「余也沒打算拜託你。」

我們就這樣鬥著嘴，不得已騎著本來應該是感情不錯的兩個人才會騎的腳踏車出發了。

在早晨陽光下前往餐廳的途中，霍華德一路抱怨不斷。

才騎不到一公里，他就叫著「余腳痠了，踩不動！」這種話。為什麼騎腳踏車還會腳痠啦？這樣一來他根本就只是個沉重的貨物，於是我只好起身用力踩踏板，他卻又「太快啦！這樣很危險啊！」地抓住我，差點把我的褲子都扯下來。各位英國國民，請問我可不可以把這傢伙扔到泰晤士河去呢？

如此這般，我好不容易騎到梅露愛特所說的切恩道盡頭——總算看到據說是半永久停泊在泰晤士河河岸營業、足足有一艘郵輪大小的船上餐廳——卡多根餐廳。

從碼頭通往郵輪的登船橋上，掛著一面『今日包場』的牌子。

我將腳踏車丟在路旁的單車停車處，為了先確認對手戰力而從河岸觀察船上的樣子……

發現船的前側甲板上，被陣幕圍出了一個大四方形。
而且不知道是從哪裡運來的，還裝飾有不合現在季節的櫻花樹。
「那個垂幕是什麼？設計真漂亮，余喜歡。」
「那是日本人舉行宴會的時候拿來圍住會場的陣幕啦。」
我對悠哉的霍華德姑且說明了一下，不過——
那陣幕上拔染的五瓜家紋，以及變形的一個『無』字，跟我在富嶽上看過那群鬼的代表徽章一樣。看來那些鬼果然也到英國來了。
這時吹來一陣風，於是我從陣幕間的縫隙窺視裡面。
——看到了。
一大早就在喝酒唱歌享受宴會的鬼。
不知為什麼只有那裡鋪著非洲風格的地毯，而那些鬼就圍坐在地毯上，吃著堆成金字塔形狀的大量飯糰。
大概是因為沒找到日本酒的緣故，或是他們根本不挑剔，喝的東西全都是洋酒。
（看來……那群鬼就像把日本跟非洲文化混雜在一起，擁有一套獨自的文化。）
透過被風吹得不斷若隱若現的陣幕縫隙，我看到了。被我打到只剩一根角的帥氣大女鬼・閻。
「——人間五十年——」
還聽到她那沙啞的聲音。

穿著非洲風圖紋和服的閻，正緩緩跳著〈敦盛〉。

而紅著臉呆呆望著那樣的閻，同時用塗有紅漆的日式酒杯喝著酒的——

是明明外觀看起來跟我同年紀，卻像銀座酒店的媽媽桑一樣穿著黑留袖刺繡和服的津羽鬼。身材纖細、長相嗜虐的黑長髮女鬼。

（……力量的閻，速度的津羽鬼……還有……）

還有一隻？不，應該說很難判斷是不是一隻的鬼。

之所以會這樣講，是因為她躲在一個設計看起來像非洲出土、畫有章魚吸盤紋路的壺中。

不過她偶爾會打開蓋子，從裡面伸出削瘦的褐色手臂，把飯糰或酒抓進壺中，又把盤子或空酒瓶丟到外面……哦！剛才同時伸出三隻手了。可見裡面其實躲了兩隻以上。

我記得以前貞德有告訴過我，那鬼名叫『壺』，是伊·U的天才技師。原來如此，其實是躲在壺中集體發明，扮演一個天才是吧？就跟藍幫的昭昭們是同樣的原理。

另外，還有一個人默默把青花菜丟進榨汁機中，打成蔬菜汁在喝的莎拉。嗯～真虧她可以一口接一口喝著那種比青汁還要綠的液體。

好啦，從那群鬼的樣子看起來——

她們是把郵輪餐廳當成屋形船，像一群來出國旅遊的鄉下大叔一樣大吃大喝。因為在英國很難找到白米，就乾脆不用搶的，而是花錢叫店家訂貨了。

雖然她們本來就是一群喜歡享樂的傢伙，不過現在的確比較鬆懈。大概是覺得不管發生什麼事，自己都不會輸給人類吧？

——然後，在那群鬼圍成的圈子中……

「找到了，是亞莉亞……！」

穿著武偵高中水手服的她跪坐在地上，一口接一口地吃著飯糰。還露出有點像學壞之後加入不良少年集團的表情。看起來果然有點自暴自棄的感覺。

那傢伙，原本抱著潛入搜查的打算，但搞不好真的會加入鬼的行列啦。偶爾也會有武偵因為潛入的黑道或恐怖集團意外舒適，結果就這樣投靠敵人。這下我更必須把她帶回來才行了。

話說……坐在一群鬼之中的亞莉亞，看起來還真自然呢。畢竟她本來個性就像鬼一樣，現在又長出了角。不是赤鬼，而是粉紅鬼啊。

不過也許是因為之前在香港發現自己有『酒醉大哭』的丟臉酒癖，所以這次她並沒有喝酒。

（鬼那一方的戰力……）

加上壺，比上次在醫科研醫院時多。

實在不是非爆發模式下的我能夠單獨對付的人數。就算亞莉亞站到我這邊，應該還是贏不了。所以絕對不能引發戰鬥。

不過，我方目前也沒有進行戰鬥的打算。

這次的任務並不是打敗那群鬼。

我必須達成的目的是保護亞莉亞，完全沒有現在衝進去打敗仗的必要。

就按照梅露愛特的推理，等待那群傢伙吃飽喝醉吧。就算沒等到那種狀況，也可以讓間宮或華生監視她們，等待機會。

太好啦。因為能及早發現鬼與亞莉亞的所在地——讓狀況變得對我方有利了。

就在我為了思考入侵時機、藏匿場所與退路等等，而望向整艘船的時候……

（……喂、喂喂……！）

在我一時沒注意的空檔中，霍華德——竟然擅自通過通往船上的登船橋了！

而且用一副根本沒看到包場告示牌的態度，走上甲板。

王子他——在壞的意義上是個天不怕地不怕的傢伙。因為他過去的人生中，任何人都必須理所當然地臣服於自己。

「——嗚！」

我趕緊拔腿急衝，全速追趕他。

但一方面因為我透過難以看清內部的陣幕縫隙分析那群鬼的戰力花了太多時間，霍華德早已走到前頭……拉開一部分的陣幕入侵鬼的宴會場了。

王子突然登場！讓亞莉亞差點被飯糰噎到喉嚨……

「沒有一個看起來像醫生，不過妳們似乎都是日本人的樣子。聽得懂英文嗎？把亞莉亞還來。現在余還能看在妳們是亞莉亞的同鄉，原諒妳們。亞莉亞也快點回來。」

霍華德則是挺起胸膛只顧提出自己的要求，一副不管是誰都理當要聽從的態度——

卻完全沒有察覺到歡迎亞莉亞的宴會遭人入侵的鬼，對他釋放的憤慨心與殺氣。

想必霍華德過去的人生中，幾乎從來沒有被人抱持什麼敵意。

（……危險啊……！）

霍華德已經在閻、津羽鬼、莎拉全部人的殺傷範圍內了。

這樣下去，那群傢伙隨時會像趕蒼蠅一樣把王子殺掉的！

大概是在場地位最低的津羽鬼苦笑一下——把酒杯放到一旁。

她打算行動。我沒時間猶豫了！

「——該死！」

面對這樣的緊急狀況，我——

度過登船橋上到甲板，「唰！」一聲掀開陣幕衝進裡面。

然後單手握著早已拔出來的手槍，以黑西裝姿態站在霍華德前面。

「金、金次！」

把飯糰在手上拋來拋去的亞莉亞，驚訝得睜大她紅紫色的雙眼。

對於我的現身，那群鬼也同樣感到驚訝。

姑且不論是好是壞，我對她們而言是一種心靈創傷。

是在富嶽上與閻打到平手的野武士。

因此她們也沒心情再去理會霍華德，全都把注意力轉到我身上了。

「——不好意思打擾妳們愉快的女生聚會啦。不過既然都打擾了，我就順便提出跟這傢伙同樣的要求。把亞莉亞還來，要不然我就把妳們的角各折斷一根，送給大英博物館。畢竟我因為寶物問題欠英國一筆帳，剛好想要什麼稀奇的玩意啊。」

不是爆發模式下的我，內心流著冷汗如此威脅。

然而那些鬼也不是什麼會乖乖受人威脅的傢伙……

「哦，原來汝也在倫敦。汝穿西服倒也挺適合的，遠山武士。」

背對著飄落的櫻花瓣，閻用帥氣的臉對我露出苦笑，雙手交抱。

「遠山……閻姊的斷角仇人……！」

津羽鬼露出利齒，伸手抓住放在一旁的鬼丸拵太刀。

但因為對手是我的緣故，她沒有閻的命令似乎也不敢攻過來的樣子。

「亞莉亞是自願到鬼之國的。你們被甩了，快回去。」

莎拉也半瞇著眼睛，鼓起腮幫子生著氣。

「……」

壺則是微微打開壺蓋，用眼鏡底下看起來很凶的眼神望著我……

不過一跟我對上視線，就馬上蓋上蓋子，躲進壺裡。

這一看就讓我知道了，至少壺中有一隻是金色的短髮雙馬尾。

「那我就告訴妳們這些愚蠢的傢伙，這其實是亞莉亞超幼稚的潛入作戰啦。」

「喂……！」

被我掀底牌的亞莉亞頓時慌張得像在承認我講的是事實。

而那些鬼和莎拉似乎都真的被亞莉亞這種小兒科手法給騙了，當場呆住——不過這下讓我證實了一件事情。

「上次從醫科研醫院的便利商店出來的時候，我就想過了……妳們是不是有個軍事顧問？那是誰？給我從實招來。」

這群鬼的腦袋並沒有那麼精明，我不認為那個人物就是霸美。她們沒有高超到可以派臥底潛伏的能力，也沒有像藍幫或自由石匠那樣強人的組織力量。

然而，這些鬼卻總是能夠找到亞莉亞的下落——甚至連她來到倫敦的事情都能知道，可見應該有什麼人在背後指點他們。

然後……

那個人物，也許是在**利用**這些鬼也說不定。而且搞不好是從極東戰役的宣戰會議時就開始了。

現在回頭想想，霸美會參加極東戰役的理由就很不明確啊。

「以為問話即能得到答案，也未免太悠哉。汝認為余會告知其名嗎？」

言下之意證實確有其人的閻……

是敵人之中像個中隊長的女鬼。

戰鬥力匹敵戰艦，從津羽鬼們的信賴態度也可以看出是個有德望的人物。

但她缺點也很多。像是自信心過剩、愚直不知變通，以及所有鬼共通的——對狀況判斷天真而遲鈍。

簡單講就是容易被對手取得先機、落入陷阱的類型。

「我不認為，所以我要逼妳講出來。」

我說著一副要大打出手的臺詞——

把裝有閃光彈、音響彈與煙霧彈的貝瑞塔轉成三點放模式。

接著，用眨眼信號對亞莉亞送出『RA（快逃）』的指示。

既然原本的作戰計畫已經曝光而泡湯，只要我用自稱『障眼法三連射』製造出逃跑的機會，亞莉亞應該也會投向我這邊。

這些鬼很強，硬拚起來很不利，但我和亞莉亞只要專心撤退，應該有辦法對付。

至於王子，我就把他從船上推到河裡，讓他稍微冷靜一下腦袋。反正把所有人類都看成像蟲子的鬼，應該也不會特地一個一個都殺掉才對。

就在我臨陣磨槍姑且想出一套作戰計畫——

在這群不怕槍的鬼面前準備射出武偵彈的時候……

從壺中忽然發出比我想像中還要可愛、而且帶點腔調的聲音：

「這遠山武士，讓咱有不好的預感。咱搞不好會受傷，沒必要陪著玩。想要的手牌——亞莉亞已在咱們手中。走啦。」

發出聲音的壺，接著「咚！」一聲倒下來。

然後，滾滾滾……穿過陣幕底下，從甲板上滾走了。難道是像倉鼠跑滾輪一樣在壺裡面滾動的嗎？

不過，敵方戰力減少對我方來說是求之不得的狀況——

我不禁期待會不會還有誰也撤退離場，而沒有馬上開槍。

結果——這一瞬間成了要命的失誤。

從剛才都沒有感覺到任何氣息的陣幕另一側……

不妙的人物……進到宴會場中了。

在整個倫敦最不妙的人物……！

「——竟敢誘拐殿下，你真是膽子大到讓我驚訝啊，遠山。另外，那愚蠢的想法也讓我驚訝。實在太過愚蠢，超出了我的預想。」

三件式深灰色西裝外面套上一件長風衣、手上握著衝鋒槍——

攜帶槍身截短版ＭＰ５Ｋ（**Kurz**）的賽恩・龐德……出現了！

因為這男人的現身，亞莉亞又再度被嚇得跳起身子，那群鬼也同時轉過頭去。

但賽恩卻完全不理會那些視線，始終筆直地注視著我。

「不對！為什麼變成是我在誘拐了！話說現在，霍華德根本——」

我慌張回應的途中，總算察覺。

並不是**變成**我在誘拐王子，是賽恩**當成**這樣了。

賽恩對大英帝國是絕對效忠。他因為判斷出被ＭＩ６視為危險人物的我有可能做出對霍華德，也就是對英國有害的行動……

——所以一如之前「下次會殺了你」這句警告，打算隨便找個理由把我殺掉。

趁著我的視線移到賽恩身上的空檔……

津羽鬼「啪！」一聲消失——

颳起一陣風，讓櫻花瓣顯示出軌跡。她往亞莉亞衝過去了！

「——嗚哇！」

就在我聽到娃娃聲發出尖叫的瞬間，津羽鬼已經把亞莉亞扛在肩上。

「碰！」一聲被重新扛好的亞莉亞……沒有意識。

是津羽鬼用超快速度衝撞身體，讓亞莉亞昏過去了。

津羽鬼就這樣後退，退出陣幕。閻也隨之離開。

那群傢伙判斷出跟我戰鬥會無謂受傷，因此打算帶著亞莉亞逃跑啊。

糟糕，都是因為賽恩，害我又被搶了先機。亞莉亞會被帶走的！

「亞莉亞！」

當我大叫的時候，留在現場的莎拉這次朝著我和霍華德的方向站起身子。

然後用現在沒有握弓的手，像『男生女生配』一樣比向旁邊。

被她在絕妙的時機用手指一比，我和霍華德都忍不住稍微看過去……

不，我可不會上當。

那跟我之前對閻做過的一樣，是視線誘導。莎拉到底打算做什麼？

就在我立刻轉回頭，把視線看回莎拉身上的瞬間。

「——龍捲地獄——」

小聲詠唱的莎拉，滾滾滾滾……唰地轉動雙臂。有點像假面超人的變身動作。

霎時，以莎拉為中心颳起一陣強風——

（……嗚……！）

我、王子與賽恩都被風速應該有超過五十公尺的暴風吹襲。

杯盤酒瓶亂飛，裝飾在現場的櫻花木倒下，陣幕也朝四方颳走。

「……！」

賽恩避開被吹倒的樹幹，從船上跳下去。我為了不要倒下而拚命踏穩腳步。仰天翻倒的王子則大概是眼睛進了砂，「眼睛！余的眼睛……！」地掙扎著。

隨著風，莎拉從現場消失——

「……」

我則是對莎拉抱著歉意的同時——腦中反而專心回想著被強風掃到之前她讓我微微瞄到……不，根本是敞開到肚臍的百褶裙內部風光，刺激我的血流。

好，可行。同時也讓我發現一件事，原來那東西不管若隱若現、還是完全露出來都能用啊——

——用在爆發模式上。

看來莎拉的視線誘導，是因為那招用出來會把裙子掀開，讓底下白木棉＋一個細蝴蝶結的那東西完全公開，所以做的事前對策。

雖然絕對不是抱著要目擊那東西的打算……不過我的動作在結果來說是正確的。

莎拉，剛才那是妳讓我看到最大的失策。我——已經變成「這邊」的我了。

雖然我之前認定用風的妳是我很難對付的對手，但看來似乎也不全是那樣呢。

來到泰晤士河沿岸車道——切爾西堤後，那些鬼排成一列往西跑走了。

雖然她們的速度全都超越人類，但因為津羽鬼要配合閻的關係，所以也只有汽車程度。即使已經被拉開一段距離，我還是可以看到壺在地上滾動，以及莎拉抱著應該是裝弓箭的行李箱順風奔跑的身影。但沒看到亞莉亞，可見她應該是被裝在壺裡面。

現在還來得及挽回，於是我準備衝刺的時候——

——噠噠噠噠噠噠噠！

ＭＰ５Ｋ的連射聲音從斜後方三十公尺處朝我傳來。

（……嗚！）

——鏘鏘鏘鏘！在腳下與附近的街燈爆出火花的同時，我原地一蹬，在空中翻轉一圈。

然而，那把槍是其他衝鋒槍在命中精準度上無法比擬的ＭＰ５Ｋ。

即使在爆發模式下閃避，也還是有一發子彈沿命中軌道飛來，我只好用已經換上普通彈匣的貝瑞塔使出鏡擊擋下。

然後跟著被擊回的子彈看向聲音源頭，也就是餐廳入口附近——

一副理所當然地用防彈風衣「唰！」一聲擋開子彈的賽恩，單手撐住柵欄，像跳馬一樣移動到車道來了。原來他剛才是假裝被龍捲地獄吹下船，但其實是懸掛在船艄下。

然後從那裡又回到甲板上，來追殺我了。

該死！現在我沒時間應付賽恩啊……！

「——！」

就在這時，碰磅！

來到車道上的賽恩，忽然被一輛保時捷911 turbo cabriolet撞個正著。

賽恩當場被撞飛到與那群鬼相反方向的遠處——

「Oh, excuse me.（噢，抱歉。）因為我朋友穿得太帥氣，害我開車都不專心了。」

緊接著把那輛敞篷車倒車到我身邊的，正是華生。

引擎蓋旁邊裝了在英國表示緊急車輛的藍色警示燈。

「那邊那群傢伙就是鬼對吧？那長相我一看就知道了。來，快上車。」

把我拉進副駕駛座的華生，算是對賽恩報了一箭之仇呢。

話說，開車撞飛一個人居然還能保持平常心，而且她其實是個女孩子，真是教人敬畏。

「謝啦。不過，這下讓自由石匠跟ＭＩ６之間的關係惡化了。」

「原本就很差的東西，不會變得更差了啦。」

華生把車頭轉向那群鬼，但彷彿在否定這句話似地——

已經非常糟糕的狀況，變得更加糟糕了。

「你這傢伙，對賽恩做了什麼事！不過余等會再罵你，快追！」

自以為是領隊的霍華德王子坐進了保時捷狹小的後車座。

「為什麼你只有在做這種讓人傷腦筋的行為時才動作那麼快啦，王子？」

我伸手想要像拎小貓一樣抓住王子的衣領，把他丟下車時……瞥眼看到在車道上若無其事爬起來的賽恩。他接著從剛好經過的超重型機車——象牙白的 Triumph 雷鳥上把騎士一腳踹下車，自己跨上去。

……唉呀，雖然我本來就不覺得他是個被車撞一下就會退場的男人啦。

但你也稍微再躺一下吧，賽恩。

「這趟兜風應該會很粗魯，給我抓緊車門扶手吧。」

我變更計畫，為霍華德王子扣上安全帶。

事到如今，我就實踐賽恩所說的話，把霍華德當成人肉盾牌好了。

畢竟霍華德坐在車後座，所以賽恩也的確沒有馬上對我們開槍。

從後照鏡察覺賽恩動靜的華生咂了一下舌頭，同時讓空冷式水平6缸渦輪引擎發出尖銳的聲音。

沿著泰晤士河沿岸的切爾西堤雖然不是什麼車輛很多的道路，但現在是早晨通勤時段。保時捷只能硬鑽車輛間的縫隙，不斷蛇行。

相對地，那群鬼則是一輛接一輛地踩過車子，越逃越遠。

身穿非洲風和服的閻是裸足，配合閻的速度感覺只是輕鬆奔跑的津羽鬼是穿木屐。但鬼的奔跑速度還是快到人類必須開車才總算不相上下，真是傷腦筋。

「應該裝雪胎來才對的。」

華生嘀咕的同時，在保時捷的擋風玻璃上——是雪。可是對岸沒有下。

應該是莎拉為了讓開車追趕的我們放慢速度，把雪雲召喚來的。

就在我們穿梭於雪結晶中追著那群鬼，王子大叫著「冷死了！這車座沒有暖墊嗎！」的時候——

在保時捷的前方遠處，莎拉「碰！」一聲打開行李箱……

讓腳下出現空氣墊把自己彈飛起來，面朝後方坐到閻寬闊的肩膀上。

她的左右手上分別已經準備好弓與箭——

——咻——！

射過來了！

我雖然用子彈射開箭矢，但莎拉其實在那根箭的後方藏了一根飛行軌跡完全相同的第二根箭。不過……

「……嗚！」

多虧華生緊急減速，讓箭矢的相對速度變慢——於是我應用徒手抓彈的原理，好不容易把那根箭抓了下來。

然而也因為這個緊急減速，讓背後傳來的一六〇〇西西引擎重低音變大聲了。轉頭一看，賽恩騎著雷鳥撥開風雪，朝我們逼近過來。

本來機車就比較有利於閃車動作，還像劍道的『見切』一樣維持在最低限度。好快！已經追到車子旁了！

「——不要逃。」

噠噠噠噠！

賽恩不使用準星、照門，水平射擊——完全沒進行瞄準就對我開槍。

「那你就別追來啊。」

我用連鎖擊彈擋開朝我飛來的子彈，同時對賽恩提出很正當的抗議。

就在這時，車道前方出現了一輛像電車一樣長而巨大的拖引車……Convoy 重型貨櫃車。

雖然是朝著同樣方向行進，但看在高速行駛的我們眼中，它跟停止沒什麼兩樣。

在前方的重型貨櫃車急速接近的同時，華生用保時捷的側邊撞擊賽恩的雷鳥，把他往左推開——

作勢要超到貨櫃車左側，卻又急打方向盤，切到右側。就這樣讓賽恩從左側、我們從右側夾著重型貨櫃車平行奔馳了。

緊接著華生說了一句「我要用超級增壓器（Nitrous Oxide Systems）了，注意衝擊力道！」後……把手煞桿旁邊的一個開關「啪！」一聲扳開。
霎時，保時捷就像雲霄飛車一樣在幾秒間瞬間加速。
「——喂喂喂！太快了！放慢點！」
就在王子縮起身子、保時捷超到重型貨櫃車前方的時候——
我們已經和賽恩的機車雷鳥拉開一段距離了。
因為隔著貨櫃車沒看到華生的動作，被她擺了一道的賽恩皺起眉頭時……
咻！這次換莎拉的箭矢從前方飛來。
「……嗚！」
瞄準我額頭射來的箭已經沒辦法抓下來，於是我只好用左手的螺旋擋開——的同時，又換成後方傳來MP5K「噠噠噠噠！」的連射聲。子彈朝著我因為王子低下頭而露出來的後腦袋飛來。我透過後照鏡看著背後，用右手的槍使出彈子戲法。好忙碌啊，真受不了。
「——前門有莎拉，後門有賽恩，是嗎？」
莎拉與賽恩雙方都打算先把我收拾掉。而他們似乎彼此都清楚這件事，因此莎拉和賽恩都不會把彼此放到射擊線上。不需要言語交談，也能從前後夾擊彼此的敵人——也就是我。
「噢！痛、痛啊！余肩膀撞到門啦！開車小心點！」
明明抓著車門扶手卻還是在狹窄的後座滾來滾去的王子，臂力跟握力都好弱啊，一定比女孩子還沒力吧？雖然我也比女孩子（亞莉亞）弱，所以沒資格說別人就是了。

就在我的貝瑞塔終於用完子彈的下一瞬間……

——咻！碰！

莎拉與賽恩這兩位超一流的射擊手非常有默契地——

以箭矢和子彈會同時擊中我頭部的時機射擊了。

不過因為雙方軌道有略為左右岔開的關係……

「兩位都很不留情地只瞄準我的腦袋呢。」

手上忙著重裝彈匣的我只好在不得已下——

帶一點櫻花晃動頭部，讓後頭部左側被賽恩的子彈、右額被莎拉的箭矢各自些微擦碰。

藉此修正軌道，讓莎拉的箭飛向賽恩，賽恩的子彈飛向莎拉。

這就叫『頭槌送彈』。雖然是石頭腦袋的我臨時想出來的新招，不過一下子就兩發同時成功了。

啪！我的頭髮與血液在下雪的空中微微飄舞——

「——咿！」

明明只是微微出血，霍華德卻被嚇壞了。虧他是個男人說。

莎拉被閣的『徒手捏彈』救了一命，賽恩則是靠機動力避開莎拉的箭矢後，又再度開槍。感覺他已經有點連對王子都不客氣了。

「……嗚……」

雖然靠賽恩的實力應該不至於失誤，但王子在戰鬥上是個超級門外漢。而門外漢偶爾會做出職業人士想也想不到的行動，進而造成意外。

因此我——

「華生，謝謝。」

把正在駕駛的華生的頭抱過來，輕輕吻了一下她的臉頰。

「呀嗚！遠、遠山？」

配合華生陷入慌張的蛇行，我從保時捷側面跳出去。

——在空中發射從退彈孔裝進貝瑞塔的氣囊彈——

屈身落到一位不知這場飛車追逐而右轉進入車道的銀髮女性乘坐的金色機車上。

「What!? Oh! Oh my——」

「跟妳借一下啦。」

然後抱起女性，把她輕輕放到「澎！」一聲展開的氣囊墊上之後——轟！

催起油門與華生兵分兩路，用笑臉跟王子道別了。

這輛機車，是鈴木・隼GSX1300R呢。而且還是用彷彿純金的銅色塗裝的初代。

賽恩，你的雷鳥跟我的隼，猛禽類齊聚一堂啦。

就在我瞥眼瞄了一下後照鏡的時候——

——唰！彷彿是在主張『別忘了我們』的閣，把前方路旁露天販買的一大箱鳳梨撒到車道上。

散落滾動在路上的大量鳳梨……

……之中，藏了幾顆外型有點像鳳梨的九七式手榴彈！是壺稍微打開蓋子，從縫隙扔到路上的！

轟！轟轟！在舊日本軍手榴彈不斷爆炸的路上，我騎著鈴木・隼一邊避開碎片一邊急馳。

飄移、甩尾、蹺孤輪、輾到鳳梨一跳。後照鏡中騎著雷鳥的賽恩——也用跟我差不多的騎車特技通過這道難關。

但因為是汽車而標的較大的華生只能右轉避開爆炸，暫時離開這條車道了。

她大概是打算繞路再回來的樣子。

在前方又發生爆炸，一盞街燈的鐵柱——搖晃傾斜——碰！

——像平交道的欄杆一樣，在我和賽恩的正前方倒下來。

知道一定躲不開的我，看準街燈鐵柱和地面之間的縫隙有一點二公尺左右——於是把離合器一拉，切入N檔後……

「——嘿！」

翻起黑西裝、從機車上跳起來，用俯臥式跳高的技巧跳過鐵柱。

同時，無人駕駛的隼穿過鐵柱下面。

我從上，機車從下，各自依慣性法則並行，然後在鐵柱的另一側……我「啪！」一聲再度回到隼的車座上。

我成功穿越街燈平交道之後，緊追在後的賽恩則是——

身體一縮，像賽車選手壓車過彎一樣傾斜雷鳥。伴隨排氣管與路面擦出的火花，煞車反胎，用滑行走法穿過鐵柱下方。他也是個不輕言放棄的男人呢。

而因為剛才閃避方式的不同——換檔次數比較多的我，終於被賽恩追上了。他接著逼近過來，準備用ＭＰ５Ｋ解決我的隼。然而——

「……呿！」

就在通過交岔路口人行穿越道的時候，賽恩忽然龍頭一轉，跟我拉開了距離。

我透過後照鏡一看，發現他似乎是為了避開一位騷亂中來不及逃跑的孕婦。

……看來賽恩也是有血有淚的呢。不過，我正在追趕的對象——

是彷彿在當恐怖組織練習臺似地開始破壞倫敦市街、一群沒血沒淚的鬼啊。

身為一名武偵，我可不能眼睜睜看著城市繼續受害。

於是，這次面對壺從遠處投擲過來的炸彈——

我在隼上空翻一圈，像踢籐球一樣把炸彈踢回去了。

結果炸彈剛好在那群鬼的背後爆炸，害她們踉蹌了一下。

壺的蓋子因此一瞬間大開，讓我稍微瞄到了。她的手臂上纏了好幾根炸彈，脖子上也像項鍊一樣掛著各種手榴彈。她不會怕啊？

坐在閣肩上的莎拉似乎也看到這一幕，我靠讀唇知道她問了一句：「不會怕嗎？」

「怕個甩炮還當什麼女武士？這只是煙火啦，煙火。」

壺說著，又再度擲出炸彈——

因為這次在姿勢上應該很難踢回去，於是我握著機車的左握把，用空中射門的技巧把炸彈傳給斜後方的賽恩。

結果賽恩也用手撐著坐墊一記橫踢，把炸彈踢回來給我。

「我不要啦。」

「我也不要。」

我和賽恩彼此用讀唇交談，最後只好兩人對著空中的炸彈開槍，讓它爆炸了。

啊啊，壺又扔炸彈出來啦。她到底準備了多少啊？

這樣下去也沒完沒了，於是我——故意把機車騎向會被爆炸風壓颳到的位置，在『轟！』一聲爆炸的同時往隼的車身一蹬——

讓重量兩百公斤以上的車體朝賽恩滑過去，跳起來的自己則是……

「碰！」地坐到剛好回來車道的保時捷副駕駛座上。

「歡迎回來，遠山。」

「我回來啦。想不想我？」

我和華生像是在兜風約會似地互拋一個媚眼。

多虧隼的英勇犧牲，賽恩緊急煞車，再度被我們拉開距離。

到此總算明白用炸彈無法阻止我們的壺，似乎放棄了這個方法，燃起煙霧。

而她這招可說是做對了。我們──在不斷冒出的紅色煙霧中……

追丟了那群鬼。

既然如此，我就用耳朵專心聽她們的腳步聲──發現她們在一個名為 Chiswick Roundabout 的五岔路口散開了。

大概是為了讓我們不知道亞莉亞被帶到哪個方向吧？

不得已下，我們只好左轉追趕推測裝有亞莉亞的壺。

依然坐在車後座的王子在一片煙霧中，「好臭！這樣衣服會沾味道啊！」地大吵大鬧著。這種狀況下還能貫徹自我中心的態度，總覺得這人其實也頗強的嘛。

另外，賽恩似乎也繼續追在我們後面的樣子。

大概是因為被警察封鎖的緣故，道路上變得很空。可是──

「遠山，快看！Gosh（老天），可惡的鬼，竟然把那種巴士……！」

就在準備開上基尤橋的時候，我順著華生手指的方向，看到泰晤士河對岸有一輛正在疾駛的黃色小型巴士。

車窗碎裂，也沒遵守車線，看起來明顯異常。是被劫持了。

從巴士的車窗──可以看到一盅壺稍微突出，打開蓋子的壺窺視著我們。

另外，我也看到了。在壺中依然沒有恢復意識的亞莉亞。

「果然是壺在搬運亞莉亞。我要上去那輛巴士，把車子靠過去。」

「ＯＫ，要上囉！」

華生踩下油門，讓保時捷在對向車道上逆向疾馳。

在倫敦市民們莫名為我們加油的喧鬧聲中，我從漸漸追上巴士的車上站起身子……頓時表情僵硬。

因為不是日本的東西，所以我發現得晚了。但那輛黃色巴士——是、是**幼稚園車**啊。什麼車不好挑，偏偏挑上這輛。

從車上傳來幼童們用英文求救的聲音。

（該死，必須快點阻止才行……！）

於是我從總算與巴士並行的保時捷副駕駛座上——

用槍整平碎裂的車窗，抱著警戒準備爬上去。可是就在這時候……

「亞莉亞在這裡是吧。好，輪到余出場了。」

霍華德竟然抓住我的衣服……從車後座站起來，把保時捷的車門、車窗以及我的身體當成梯子，爬上巴士的車窗。

「喂、喂……！」

因為把他推回保時捷會有摔車的風險，所以我只能逼不得已地把王子推上去，自己也跟著進到巴士內。

我和霍華德「碰！」一地纏在一起進入車內後……

發現被嚇到大哭大叫的小孩子們全都集中在車廂後方。

真是教人懷念的——巴士劫持事件。

而且還是壞人劫持時最老套的目標——幼稚園巴士。利用沒辦法靠自力逃跑而且妨礙計畫的風險較低的小孩子，可說是最大逆不道的巴士劫持手段。

不過就我在醫科研醫院便利商店的觀察，在鬼的眼中人類就像蟲子。她們對人類既不善良也不殘酷，不會進行非必要的屠殺。因此我想對手應該不會無謂殺害車上的小孩子們——但也一點都不會在意這些前途無量的生命吧？畢竟是鬼啊。

我抱著憤怒環視車內，發現閻、津羽鬼和莎拉果然都不在——

而駕駛大概也從車窗被丟出去了，沒看到人。

取而代之地，在駕駛座上……

（……！）

掛在天花板的壺正打破擋風玻璃，準備逃到車頂上。

而在駕駛座上則是裝了一堆應該是臨時做出來、像藤蔓一樣的裝置。

鐵管、鐵絲、齒輪與電池都裸露在外，看起來應該很容易破壞。但是——設置在座位上的紅色黏土狀物體——應該是某種可塑性炸藥——明確警告我不可隨意動手。

就在這時，方向盤忽然一轉，對應轉彎的車道。

是壺從車頂上透過遠端操縱在駕駛這輛巴士。

明明從劫持之後還沒經過十分鐘……就用東拼西湊的材料以及在巴士內的東西，做出了一個自動操縱系統嗎？真不愧是前伊・U的技師呢，壺。不，壺裡面的壺們。

而那盅壺雖然外觀原始——但其實也是像一臺高性能單輪車的東西。圍繞在表面像吸盤一樣的紋路，事實上真的是用矽膠或什麼東西做成的吸盤。無論牆壁還是天花板都照吸不誤，然後靠旋轉自由自在行動是吧？

（該死，被算計了……！）

壺其實是扮演陷阱的角色，故意讓我們看到這輛巴士以及亞莉亞，把我們引誘過來的。

知道靠爆炸無法殺掉我們的壺，應該是為了挾持人質而設置了這個炸彈。藉此封鎖我們的行動之後——再與閻她們會合，打算用全部戰力擊潰我們。

就在這時……

「——遠山！」

華生的保時捷繞到巴士左側，於是我拉起緊急開門桿打開車門。

畢竟壺自己也在巴士上，所以應該不會隨便丟擲炸彈才對——如此判斷的我，想說至少讓幾個小孩子移到保時捷上的時候……

嘰！巴士忽然左擺，用車身衝撞保時捷。

因為車體重量差而輸掉的保時捷——

「啊！」

隨著華生的叫聲，從路肩開上路緣石，讓左前輪用力跳了起來。

就這樣在空中扭轉車身橫倒在路上——巴士從右側躲開。

安全氣囊彈出的同時，華生的保時捷漸漸消失在巴士後方。

……該死！狀況變得更複雜了。

賽恩的機車巧妙閃過翻車的保時捷，追了上來。

他一把抓住敞開的巴士車門，丟棄機車跳進巴士內。

接著朝我舉起MP5K，不過──

「──？」

發現車上有小孩子，而露出不知發生了什麼事的表情放下槍口。

我雖然對這種亂七八糟的事情已經見怪不怪了，但這傢伙大概過去都只負責一些正經的案子，一時搞不清楚狀況而露出有點困惑的表情。

不過他馬上察覺駕駛座的異狀，用青綠色的眼睛環視周圍……但也只是在看而已。

賽恩跟我一樣，是強襲戰鬥的專家，不會處理炸彈。

壺的裝置踩下油門，讓巴士加速。時速已經達到一百公里了。

要快點阻止才行，可是那必須要先想辦法處理掉駕駛座上的炸彈。然而，我和賽恩都辦不到這種事。該怎麼辦……！

「喂，遠山！亞莉亞在哪裡？余沒看到啊！」

霍華德王子在我耳邊大吼著，於是──

「霍華德！亞莉亞被裝在那蛊壺裡面，在巴士車頂上──但現在不只是亞莉亞而已，也必須要救這些小孩們啊！」

「那種事交給你們去處理，余要的只有亞莉亞！」

聽著霍華德說出這種自私的話……我忽然想起這傢伙的經歷，伸手指向駕駛座的炸彈。

「霍華德，你有沒有辦法拆掉那東西！你以前不是待過陸軍的炸彈處理隊嗎！」

「沒錯，但余只學過講座課程，從來沒碰過真的炸彈。」

王子搖搖頭，皺起用修眉夾整理過的細眉。

「——但你總有知識吧！動手，快點！我們不會啊！」

「你、你這傢伙，在命令余嗎！余是有身分立場的人物，那麼危險的事情，辦不到！再說，就算做了那種下人的工作，王家也不會有上位的人——賜予恩賞或名譽的人物。畢竟沒有人的立場比余更高。因此，那不是余的工作。」

看到王子把臉別開……

「霍華德！」

我又大叫了他一聲，抓住他的肩膀，硬是讓他把臉轉回來。

然後——正眼凝視霍華德因為被我抓住而驚訝睜大的藍色眼睛。

「你是個男人吧！只要是男人，在人生中一定會遇上幾次無論多危險、就算沒有任何回報——也必須拚命戰鬥的時候！對你來說，現在就是那個時候！」

我把霍華德的背「碰！」一聲推向駕駛座的方向。

「余、余是……！」

面對在駕駛座前不知所措的霍華德，我接著大叫：

「——現在能拯救這些小孩的人，只有你了！你不是王子嗎！總有一天也會當上國王對吧！既然是國王，就不要只是為了自己——而是為了國民奮鬥啊！為了背負這個國家未來的小孩子們，給我戰鬥！」

到這邊，總算——

霍華德似乎好歹也算個男的，「這個無禮之徒……！」地瞪了我一眼後——把那對藍色的眼睛轉向駕駛座上的炸彈。

接著把他因為潔癖而一直戴在手上的白手套脫下來，有點自暴自棄地扔到窗外。是因為要進行精密作業，而把手套脫掉的。

「……Fugly（該死），這不是強力的塞姆汀A式炸彈嗎……！」

霍華德說著以王族來講很沒品的髒話，在座位旁單腳跪下，用手指觸摸鐵絲與電線。大概是要先掌握住炸彈構造的關係。

你願意做了嗎？霍華德……！

「——賽恩！現在不用管金次的事，去把亞莉亞帶回來！」

霍華德對剛才這段對話中不斷交互看著我和霍華德的賽恩下達命令，同時拆掉一條引爆裝置上的偽裝電線，丟到窗外。

接到命令的賽恩——和我在依舊橫衝直撞的巴士上交換視線……

「……遠山，雖然我百般不願。」

「但看來我們只能合作啦，賽恩。」

日英武裝職人攜手合作，準備去打鬼了。

我用雙手懸吊、賽恩則是耍帥地用單手懸掛爬上車頂後……看到了，是壺。

「——呦呦，遲早要死的短命存在，為何不選擇早早送命？」

相對於從巴士車頭爬上來的我們，壺坐鎮在車尾，從蓋子底下微微露出短髮雙馬尾的頭。

就在賽恩準備二話不說舉起MP5K開槍的時候，巴士忽然晃了一下。是壺為了阻礙我們行動的操作。壺同時利用這個動作，滾到巴士側面躲避——

然後貼在車體上，從下方擲出一顆手榴彈。

「……嗚！」

我和賽恩左右閃避，躲開爆炸。

駕駛座上的車頂被炸掉一部分，讓我看到在車內繼續進行作業的霍華德——

我掛在右邊、賽恩掛在左邊的後照鏡上，但壺接著又讓巴士激烈蛇行。我差點撞到公車站牌、賽恩差點撞上路標，於是我們只好又回到車頂。然而就在這時，從前方——咻！

我聽到莎拉的箭穿破空氣的聲音，趕緊在車頂上往前翻滾，躲開攻擊。

接著我轉向箭矢飛來的方向，也就是巴士的行進方向……

看到大概同樣遭到劫持的拖車——也就是剛才那輛重型貨櫃車走在前方。重量應該足足有十噸的巨大車體一擺，來到這輛巴士會從後面直接撞上的路線。在貨櫃上，可以看到莎拉單腳跪著、將弓水平架起的身影。

——我馬上就知道那群鬼打算做什麼了。

貨櫃後方的艙門左右敞開，裡面的貨物被丟掉一部分讓出空間，剛好可以容納一輛小型巴士。

搬貨用的起降板也被放下來，拖在柏油路上爆出火花。

「打算把這輛巴士裝進裡面是吧。」

賽恩似乎也察覺出那些傢伙的會合方法，而舉起MP5K——

結果莎拉在貨櫃上一滾，消失在駕駛座的方向。她大概是發現我和賽恩已經聯手，想避開二對一的局面。

就在我和賽恩的注意力被她引開的時候——滾滾滾！

壺從我們兩人之間的空隙滾了過去。雖然賽恩有開槍射擊，但那蛊壺是防彈性的。壺就這樣跳進貨櫃中，彷彿在等待我們似地站在深處。

彼此都高速疾馳的巴士與貨櫃車，漸漸縮短距離。

要是讓巴士被裝進貨櫃中——就完蛋了。我和賽恩想必都沒辦法一邊保護這麼多小孩子，一邊對抗那群鬼的集中攻勢。

就在我爆發模式下的腦袋也想不出解決手段，陷入要命的危機時——巴士忽然——

「哈哈哈！看好了，孩子們！這就是王家的力量！」

——往右偏開了。

走到不會開進貨櫃的路線上。

我透過被破壞的車頂看向車內，發現漂亮解除了塞姆汀炸彈的霍華德就坐在駕駛座上。霍華德……！你其實認真起來還是有一套嘛！很棒喔！

「金次！賽恩！這些孩子就交給余！你們去救亞莉亞！」

會開車的王子——

用沒戴手套的手握著方向盤，讓巴士緊貼到貨櫃車旁邊。

「Yes, Sire.（謹遵王命）」

賽恩聽從王命，翻起風衣跳上貨櫃車。

用不著他下令，我也跳了過去。因為有高低差的緣故，我們都有使用繩索。不過相對於我的繩索藏在腰帶中——賽恩的則是藏在鋼筆裡面。

似乎很會逃的王子，緊接著就把幼稚園車轉進倫敦的小路中避難。

我和賽恩衝向車尾，窺視貨櫃內部，卻發現壺已經不見蹤影。

看來壺是從貨櫃前方的門逃到駕駛座的方向去了。帶著亞莉亞。

「……遠山，後方兩公里，上面。」

聽到賽恩簡短告知，於是我抬頭看向已經沒有雪雲的藍天——

……！

（——ＡＨ－１——！）

……一架攻擊直升機追上來了……！

看起來應該不是剛好在演習。它一直線朝著我們飛來。

ＡＨ－１——通稱眼鏡蛇，是全世界製造了上千架的攻擊直升機傑作。全長十七點四公尺，最高時速兩百二十七公里，除了固定武裝Ｍ１９７機砲之外，還裝有ＴＯＷ反坦克飛彈八枚、ＪＭ２６１火箭彈三十八連裝筒，是為了戰鬥創造出來的飛天眼鏡蛇。

萊康明Ｔ５３發動機強力的轉動聲漸漸逼近——

就在爆發模式下的眼睛看到駕駛座上的津羽鬼時……

——噠噠噠噠噠噠噠噠噠！

裝在機首下方的三管式機砲噴出火焰，對貨櫃激烈掃射。

「哼。」

「——該死！」

面無表情、只用鼻子哼了一聲的賽恩，以及破口大罵的我各自在貨櫃上奔跑——或者翻滾，避難到駕駛座車頂上。我們兩人都同時判斷出，這裡應該不會被敵人攻擊。

果不其然，因為底下有自己的同伴而中斷空襲的眼鏡蛇——

隨著震耳欲聾的引擎聲，來到滿是彈痕的貨櫃上空。

以超過時速一百公里的速度，與貨櫃車並走飛行。

接著從似乎很牢固的捲線機上，垂下一條帶有掛鉤的極粗繩索。

從高速飛行的直升機上垂下來的繩索看起來很重，不過還是被吹向後方……

在貨櫃中用掛鉤勾住這次又跑到後方的壺，連同坐在壺上的莎拉一起拉上直升機。看來那群鬼打從一開始就打算用這種方式從空中撤退啊。

被飛來的箭矢牽制、貨櫃車又左右搖擺，害我們無法開槍的時候——

壺用S型掛鉤把自己的壺掛在直升機的著陸架上。莎拉也坐在壺上。

莎拉似乎是操縱風，讓螺旋槳的下降氣流只在她們周圍減輕的樣子。

「可惡，會被她們逃掉的！」

抬頭看著AH－1大叫的我，忽然聽到賽恩的開槍聲。

不是對著莎拉她們，而是對貨櫃後方微微探出身體的——

背著兩根藍色狼牙棒的閻。

閻雖然立刻縮回貨櫃中，但繩索又再度朝敞開的貨櫃後門緩緩垂下。

貨櫃車大概是壺透過遠端操縱在駕駛，配合繩索移動著位置。為了讓閻可以抓到繩索前端的掛鉤。

「妳們……休想得逞！」

——碰！我在貨櫃上衝向車尾，搶在閻之前一把抓住剛好垂到貨櫃天花板高度的繩索。

然後……

「賽恩很想玩這個對吧？上次在艾比路的決鬥被我糟蹋掉了，就讓我補償一下。」

我把掛鉤塞進剛才眼鏡蛇打出的一堆彈孔之一，接著把手伸進另一個彈孔，像縫衣服一樣拉出掛鉤。

最後把掛鉤勾在繩索上——連接直升機與貨櫃車。

怎樣，津羽鬼？這下眼鏡蛇逃不掉啦。雖然我們也是。

「——這就是直升機與貨櫃車的**鎖鏈生死戰**。雖然對戰組合跟上次不一樣就是了。」

看到我露出自暴自棄的笑臉站起身子……

「你真是個瘋狂的男人啊，遠山金次。」

賽恩用有點傻眼的表情，對我酷酷地苦笑。

直升機——原本要飛向回去的方向，現在卻因為跟貨櫃車綁在一起，只能沿著車道飛行。而壺用遙控操縱的貨櫃車也只能繼續橫衝直撞，讓直升機連在它的上空。

鏘！鏘！她們雖然幾度上升嘗試拉扯繩索，但越扯只會讓掛鉤扣得越緊。活該，這下想解開也解不開啦。

直升機為了不要讓繩索勾到街燈或路牌，不得不一下左、一下右地做出勉強的飛行動作。機體彷彿在尖叫一樣，軋軋作響。太爽啦。

閻從貨櫃中微微探出頭，看著這個狀況——

我本來以為她會氣得爬上來，沒想到她反而縮回去了。

（……？）

我透過彈孔窺視，看到閻含了一口帶在身上的酒，「噗——！」地噴在自己手上止滑，然後把狼牙棒像球棒一樣舉起來——

——噹！從內側把貨櫃車壁的上半部橫向打破。

我雖然想對她開槍，卻被正上方飛下來的箭矢阻撓。

賽恩也是一樣。就算對莎拉開槍，也因為她躲在壺的另一側，沒辦法把她打下來。

就在這段期間，閻「噹！噹！」地不斷從內側擊裂貨櫃……

貨櫃上一條接一條地出現水平方向的裂縫。

宛如從內側切開罐頭。

（……糟了……！）

眼鏡蛇再度嘗試上升，我這才領悟閻這麼做的用意。

嘰！軋軋……！貨櫃的天花板從車尾朝車頭——

真的就像罐頭的蓋子一樣被剝起來了。

用狼牙棒勾住天花板後端的閻……終於爬上了這片現在只靠眼鏡蛇的一條繩索垂掛在空中的飛天鐵板。

眼鏡蛇慎重而確實地提升速度漸漸上升。

為了不要讓這塊鐵板擂臺傾斜，同時也為了保持平衡，我和賽恩變得無法移動。

這下我們的行動會受到極大的限制啊……！

在單腳跪下，「喀！」一聲讓平賀同學製的鞋子伸出鉤爪的我旁邊——

賽恩也讓皮鞋的鞋跟用力踏了一下，同樣伸出鉤爪。

「這麼搖晃的擂臺，簡直就像明星大亂鬥啊。雖然我沒玩過就是了。」

「那是什麼？」

「日本的遊戲。好啦，賽恩，我們徒手上吧。反正對閻開槍也沒用。」

「看來是那樣。話說回來，那似乎不是人類。那是什麼？」

「是日本的 ogre（鬼）啦。跟她打過的故事，一定可以讓你在酒店大受歡迎的。前提是你要能活著回去。」

就在我和賽恩對話的時候——用腳爪勾著鐵板的閻一步一步走過來。

因為閻移動到中央的緣故，我們這邊就像蹺蹺板一樣往下斜。於是我和賽恩只好把槍分別收進腋下槍套與背部槍套中，舉步前進。

不由分說來到繩索附近的閻，與我和賽恩對峙著。

雖然不安定的地板可說是糟透了，不過對方條件也是一樣。我方是爆發模式下的我和賽恩聯手，對方只有閻一個。在這條件上是我們有優勢。要上啦……！

正當我這樣想的時候……

「等等。」

把狼牙棒收回背後的閻，忽然對著我們伸出手掌。

「上面那個像蜻蜓的東西，津羽鬼沒有操縱過。而且掛著這麼重的鐵板，看來是無法好好飛行的樣子。」

閻說著，抓住那條極粗的繩索，「嘿！」一聲用力，左右手交替拉扯繩索，讓我們腳下的地板開始上升。仔細一看，直升機的捲線器也在把鐵板往上拉。

（到底怎麼回事……）

在我感到疑惑的時候，賽恩也快步走過去。

彷彿在幫忙閻似的，一起拉扯繩索。

「……嗚……！」

總算搞清楚狀況的我，也趕緊撲向繩索，和閻與賽恩一起——

什麼也不想，只管把鐵板拉上去。快啊！快啊……！

因為我們現在——正朝著一座像門一樣橫跨泰晤士河、寬二四四公尺高六十五公尺的巨大橋梁——倫敦塔橋衝過去啊！

不，直升機配合莎拉的氣流力量，應該勉強可以飛越塔橋。但當她們沿著圓弧狀的迴避路線飛行的時候，我們腳下這塊大大傾斜的鐵板……會撞上去的……！

朝著延伸在左右兩棟哥德式高塔之間、高度四十四公尺的空中橋梁——

——鏘！

鐵板一瞬間擦碰到，讓橋梁表面的大理石飛散出一些碎片。

不過……勉強算是避開衝撞了。多虧我們不分敵我，通力合作。

「……好險啊。」

「是你的錯吧？」

「是汝的錯吧？」

接著我講的日文，賽恩和閻分別用英文和日文說出同樣的話……

的確，剛才那是瘋狂的我把直升機和貨櫃綁在一起的錯啊。

於是我低頭表示歉意後──

──「碰！」一聲用櫻花上鉤拳急襲閻。

因為閻用手掌擋下我的拳頭，賽恩也把手放開繩索的關係──

鐵板往下掉落，讓我們在幾秒間呈現無重力狀態──展開一場空中格鬥。

閻反擊的左拳，被賽恩像軍隊格鬥技的橫踢架開。閻的拳頭穿過我腋下，於是我對她的腕關節使出固定技。閻雖然對我推出右掌，但一手抓住繩索、一手竟然抓住閻的犄角支撐身體的賽恩用雙腳纏住閻的右臂──

──磅！

我和賽恩一左一右固定閻的手臂，把她的臉用力砸在鐵板上。

摔角好像也有這種沒品的雙人技呢。雖然我沒想過會是兩個穿西裝的男人用這招啦。

為了保持平衡，站到鐵板上稍微往後退下的我和賽恩──

分別擺出以空手道和拳擊為基礎、但怎麼看都知道是混合多種流派的自創格鬥術的架式。

眼鏡蛇避開巨大摩天輪──倫敦眼，盤旋在南華克倫敦自治市上空。飛行的樣子雖然不到會墜落的程度，但還是不斷搖搖晃晃。

可能是因為下面掛著這塊鐵板，加上剛才的緊急迴避動作，讓什麼零件發生故障，沒辦法好好飛行了。

閻揉著大概是撞到的鼻子站起來……

「汝等，不拿出來嗎？」

對我們如此問道。

「拿什麼？」

我回問閻，賽恩則是瞥了我一眼。

閻用爪子「噹」地敲了一下她背後的狼牙棒……

「正如俗話說『如鬼得到狼牙棒（註1）』，鬼與狼牙棒乃一心同體。這就如余之肉體的一部分。然而，武器就是武器。對赤手空拳的汝等使用，會讓余多少感到愧疚。」

「沒關係，反正我們是二打一。而且槍對閻也沒用啊，短刀對我現在又是很重要的東西，我有點不想用它。」

「是嗎，那麼余不客氣了。汝等就好好見識這兩把青砡六角。鬼拿雙棍是極為稀有的型，汝等可當見聞錄說給地獄的鬼聽聽。」

閻說著……

註1日本諺語，意同「如虎添翼」。

用雙手一左一右拔出背後兩把發出青色光澤的狼牙棒，擺出劍道二刀流中所謂「十字」的架式。兩把都往前伸出，互相交叉。

那動作還真討厭啊，會讓我想起造成我心靈創傷的超級戰士——妖刕的靜刃。

閻的新狼牙棒，青砡六角……比之前的金剛六角細。不過每邊看起來都有二十公斤以上，絕對是鈍重武器不會錯。

「——遠山，那女人講的日文太難了，你翻譯成英文給我聽。」

「哦哦，賽恩，她說那是她身體的一部分啦。所以我說雖然我徒手空拳，但她可以用那棒子。」

「你對鬼放水嗎？實在有夠瘋狂。」

「那隻鬼——閻個性很認真，所以她相信我了。只要賽恩用武器，應該可以讓她措手不及吧？反正我們這段對話是用英文，她大概也聽不懂。」

「我不用。不過，只要你用我就用。」

那是什麼對抗意識啦？賽恩的自尊心真強呢。

「那就一如往常，由我先攻。接下來你隨機應變配合我吧。」

我說著——因為閻那樣憨直的個性我並不討厭，於是按照約定**暫時先**徒手衝向她。而為了保持平衡，閻也前進過來。

畢竟我不想被她的狼牙棒打到，因此我用有點像滑壘的動作鑽過她的殺傷範圍，使出下段踢。同時，一瞬間躲在我背後的賽恩則是跳起來——

我躲開闍朝我踩下來的腳爪，試圖固定她堅硬的左腳踝。

跳起來的賽恩用腳下的鉤爪「鏘鏘！」一踢開闍往上揮起的狼牙棒。

接著，和我一樣遵循對付巨漢時的標準流程，瞄準身體末端，抓住闍的手臂——

我本來以為他會這麼做的，但是！那招不行啊，賽恩！

賽恩竟然踏著狼牙棒跳過闍，翻起風衣繞到她背後去了。

然後用兩隻手臂圈住闍的脖子，企圖讓她窒息。

如果是對人戰鬥，鎖喉的確是一招必殺技。但對付鬼的時候——

「——賽恩，快取消那招！」

在我大叫的同時……

闍的利齒咬住賽恩的右前臂了。

賽恩雖然在風衣底下跟我一樣穿了合金製的護套。但是——

軋軋軋……！闍宛如重機械般的咬合力漸漸破壞賽恩的護套。

「……嗚……」

就在賽恩皺起眉頭的時候，闍並沒有咬斷他的手臂——

而是咬著他的手，只靠上半身的力量用力甩動。

靠這招解開鎖喉的闍，把賽恩的身體甩到自己前方——接著「唰！」一聲把他往上甩起。

以為自己會被拋到空中的賽恩，立刻拿出鋼筆型繩索。

可是隨著「啪！」一聲，鋼筆被箭矢射落到地上。是莎拉的妨礙行動！

而且，闇把賽恩甩起來的用意——

根本不是把對手抛開那麼簡單。

闇用力舉起被我纏住的左腳——碰磅！

讓我跟被她往下甩的賽恩以超高速互相衝撞了！

「——嗚……！」

風衣和護套被脫掉的賽恩，在重力傾斜的鐵板上滾動，掉了下去。零點幾秒間失去意識的我，完全沒辦法救他。

「賽恩——！嗚？」

忽然，一股神祕的力量拉扯我的身體——

讓我也跟著賽恩被拖向鐵板邊緣了！就在那個瞬間，碰！

闇揮下青砡六角追擊，擊中我的頭剛才還在的地方。

因此撿回一條命的我……

「——！」

在千鈞一髮之際靠一根手指勾住鐵板邊緣，懸掛在半空中。

本來以為掉下去的賽恩……那傢伙，竟然在跟我相撞的時候擅自從我的腰帶拉出繩索——現在掛在我下面。原來我就是因為這樣被拖動的。

不過，真虧他可以在那個瞬間進行判斷，還做出那麼巧妙的行動。真的有夠超人的。

「呃~閣，放水時間結束了。」

輕易食言的我如此說著，用單手從口袋掏出子彈調整一下後，從退彈孔裝入手槍，朝斜下方賽恩的方向射擊。

咻！這時莎拉從眼鏡蛇上射來的箭，精準切斷連接我和賽恩的那條只有零點五公厘粗的繩索。

與此同時，我剛才射出的氣囊彈在零點零零幾秒的手動式限時控制下炸開。剛好就在賽恩的腳下。

不錯失機會的賽恩立刻往氣囊一蹬，抓住鐵板邊緣。

恰巧在我旁邊，懸掛在半空中。

趁著閻因為鐵板劇烈傾斜，而移動到另一側讓鐵板恢復平衡的時候……

「賽恩，謝謝你。你是知道我失去意識，所以故意掉下去把我拖開，救了我的吧？多虧你，讓我的頭沒被砸碎了。」

我姑且對他剛才這一連串動作道謝，可是賽恩卻依舊臉朝著正面……

「我只是為了不讓自己摔下去才拉你的。」

用酷酷的側臉如此回應我。

「話說遠山，你剛才那發子彈型的氣囊，是日本製的？」

「是啊，那是我同學在龜有的小鎮工廠幫我做的。」

「我的道具負責人（Mr. Q）做的小型氣囊是手機型的，而且還是投擲式，不太好用。」

「……我是還有一發啦，不過複製應該需要付專利費。另外，來，這是你掉的東西。」

我說著，把剛才掉下來的途中撿到的鋼筆插回賽恩的西裝口袋。

大概是感到意外的關係，賽恩看了一下那支鋼筆型繩索後……

「──好啦，**大型氣囊**逼近了。」

始終冷靜地用吊單槓的動作回到總算恢復平面的鐵板上。

而我也早就看到了，那個『大型氣囊』。

也就是那架亂飛的眼鏡蛇以及懸掛在下方的鐵板一起進入的空域中──好幾十顆飄浮在空中、五顏六色的**熱氣球**。

……我的運氣真是有夠差。

那是華生在史坦斯特機場提過的熱氣球大賽啊。

我們的眼鏡蛇就這樣一邊盤旋，一邊入侵了大賽的會場。

「……嗚……」

在車道上大致呈現平面的障礙物，到了空中就是呈現三次元，彷彿進入了立體的複雜迷宮之中。大量熱氣球被我們嚇得亂竄，不規則的運動更增危險。還必須考慮風力造成的影響。這樣的難關──

以前從來沒握過操縱桿的津羽鬼，開著部分失控的眼鏡蛇，有辦法安全通過嗎？熱氣球現在就像死亡氣囊。

只要撞上其中一顆，就會當場沒命了。不管是直升機上的那些人、鐵板上的我們還是熱氣球上的人。

──雖然捲線機拉起鐵板，直升機也努力避開衝撞。但……

(不、不行了……！)

鐵板還是快要擦撞到一顆熱氣球的上緣了！

在無能為力的我和閻眼前……

「哼。」

賽恩用鼻子哼了一聲，在鐵板上衝刺，然後……

「──賽恩！」

背對大叫的我，朝著熱氣球的方向「啪！」一聲從邊緣跳出鐵板。

鐵板的重心因此移向閻，像蹺蹺板一樣傾斜──

──在千鈞一髮之際閃過熱氣球了。以鐵板的一邊越過熱氣球上方的狀態。

賽恩雖然勉強在熱氣球上單腳著地，卻同時受到莎拉的箭矢攻擊。他滾動身體躲開，但也因此快要從熱氣球上摔下去了，連使用鋼筆型繩索的時間都沒有。

我確認自己站在閻的攻擊範圍外後……

「賽恩，快抓住！」

把快速裝進貝瑞塔的纖維彈擊發出去。

我伸手抓住發藍光的滯空彈子，前進彈子則附著到賽恩的胸口，在我和賽恩之間拉出一條直徑只有一μ但張力足足有零點二t的複相液態芳綸絲。

瞬間理解那是救命繩的賽恩，讓化學纖維絲纏在自己的防刃西裝袖上。

接著用手拉扯，同時往熱氣球一蹬，跳向鐵板——就在這時……

在我背後，從攻擊範圍外……

「霸！」

閻大吼一聲，把其中一根青砡六角像迴旋鏢一樣投擲過來！

「——嗚！」

超出預想的中距離攻擊讓我完全無法躲開，背部當場被擊中。

雖然有用橘花減輕傷害，但我還是從鐵板上摔了出去。

下一個瞬間我才明白，閻的目的是讓我和賽恩在空中相撞。

就在我和賽恩兩人在虛空中互相飛向對方的時候——

賽恩忽然身體一轉，改變姿勢。

讓他的鞋底對準我的鞋底。

「閻就交給你了。」

在這種狀況下，賽恩依舊表情不變，往我的鞋底踢過來。

我也配合他，往他鞋底一蹬。我回到鐵板上，賽恩回到熱氣球。

趁著莎拉的視線被我身體擋住的瞬間，賽恩拔出鋼筆——

——啪！朝連接直升機與鐵板的繩索射出自己的繩索。

賽恩的繩索纏住從捲線機垂掛下來的繩索……

咻！莎拉射箭企圖射斷繩索，卻被賽恩的ＭＰ５Ｋ子彈迎擊。

箭矢「咻！咻！」地不斷射下來，但賽恩也用單發式的ＭＰ５Ｋ一箭一箭射開……幾秒後，他抵達了連接直升機與鐵板的繩索。

賽恩說閻要交給我，代表他要去襲擊直升機。

於是我為了讓賽恩可以空出雙手快速爬上繩索——

「我記得那把弓很重要對吧？那這樣如何？」

趁莎拉拚命瞄準賽恩的機會，射出一發９ｍｍ帕拉貝倫彈。

就在我的子彈「唰！」一聲射斷莎拉那把弓——的弓弦，讓她臉色發青的時候……

賽恩把槍收回背後，用雙手迅速攀爬繩索，轉眼間就到達眼鏡蛇了。莎拉慌張地為了放出龍捲風而轉動手臂……但應該是判斷在又擦碰到熱氣球的直升機上召喚風不太妙，而取消召喚時……

爬上著陸架的賽恩脫下夾克，像鞭子一樣揮甩。

夾克袖子纏住莎拉的腳，用力一扯——

結果莎拉「咚！」一聲往後摔倒了。一看就知道她不會格鬥戰。然後綁在著陸架上的皮帶被賽恩一槍射斷，讓莎拉當場摔下直升機。

「啊——！」

如此大叫的莎拉依舊死也不肯放開弓，「啪！啪！」地讓自己周圍的空氣爆裂，改變自己的方向——連這塊鐵板也避開，繼續往下掉——砰！

最後呈現「大」字型摔到下方遠處的一顆彩虹花紋熱氣球上。

她接著爬起身子，瞪著我們大吼大叫……但看來她沒辦法像火箭一樣飛上來的樣子。這下總算讓一名敵人脫離戰線啦。

另外，莎拉還使用了剛才自己在螺旋槳下無法使用的風術——為了同伴推動直升機，離開熱氣球大賽會場。

雖然眼鏡蛇多虧如此脫離了險境，但是在幾乎不聽控制的狀態下還是迴轉半圈，朝倫敦的市中心——西敏區上空飛去了。

發動機的聲音現在聽起來混雜非常嚴重的雜音。這樣下去遲早會墜落的。

要是在都會中心墜機——一定會傷亡慘重。在下方抬頭看著我們騷動的市民與觀光客當中，想必會出現大量死者。

就在我因此皺起眉頭的時候，用鐵鉤懸掛在著陸架上的壺——

——忽然朝賽恩擲出一顆手榴彈了！

「……！」

在幾乎等於自爆的距離下，半空中炸出轟聲巨響與火焰。

飛散的手榴彈碎片破壞了懸吊壺的鐵鉤，直升機本身也嚴重受損。

——就算被逼急了，也不用這麼亂來吧，壺！壺裡面還有亞莉亞啊！

為了避開爆炸，賽恩把身體縮成一團，從直升機上掉下來——

就在那個瞬間，閻在鐵板中央附近用力揮動青砥六角，「碰——！」地破壞了我固定在繩索上的掛鉤。

鐵板開始往下掉落的剎那……

「——嗚！」

我看到從斜下方漸漸逼近的一棟像塔的建築物。

閻在鐵板上一蹬，撲向那棟建築。從直升機上掉下來的壺也讓炸彈在自己周圍爆炸，調整掉落方向，追上丟棄狼牙棒的閻，被她一把接住。

我也追在那些鬼的後面，從鐵板上跳向那座塔。

就在跳起來的時候，我總算理解了——

閻會挑這時候切離鐵板，是為了救直升機上的津羽鬼。因為照那樣飛下去，損壞的眼鏡蛇一定會撐不住鐵板的重量而墜落的。加上賽恩已經離開直升機，所以她應該是判斷津羽鬼可以安全避難了。

——然而……

從直升機上掉下來的賽恩立刻朝自己的背後擲出手機型氣囊，利用在空中展開的氣囊當踏腳處跳起來——竟然就這樣回到眼鏡蛇上。

也就是說，閻的計畫失敗了。但這也不能怪她。

那種超人動作，就算是爆發模式下的我都不知道有沒有辦法做到啊。

讓津羽鬼和賽恩留在直升機上，我與抱著壺的閻——

碰！碰！各自掉落在不知是什麼結構、看起來像黑色鋼骨的部分上。

雙方距離七公尺左右。

這是什麼地方——我環顧一下周圍……立刻知道了。

這座塔，我也在電視或電影中看過很多次。

是世界最有名的鐘樓——大笨鐘啊。

因為時間是早上九點十一分的緣故，指針幾乎呈現水平狀態。

而我就站在短針末端，閻則站在長針末端。

「……」

在遠處的空中，賽恩用左拳擊碎了眼鏡蛇的防風玻璃，揍向機上的津羽鬼。

然後從因為機艙狹窄、無法發揮速度的津羽鬼手中搶過操縱桿——讓直升機在民眾四散逃跑的熱氣球大賽會場上緊急迫降了。

就在閻擔心地看著那一幕的時候……

「爆炸……讓我徹底醒過來啦。」

碰！——

——亞莉亞忽然把壺的蓋子揍開，踩著壺把上半身探出來了！

然後近距離下對閻舉起雙槍，準備開槍——

結果閻把壺「碰！」一聲放到長針上。壺朝鐘面傾斜，害亞莉亞撞到頭。亞莉亞在不得已下……只好利用壺舉出來想抓住亞莉亞的手臂，順勢往上方跳起，從壺中脫逃出來。

然後抓住時鐘塔上表示一點的鐵柱，以鐘擺運動把腳掛到表示一一點的鐵柱上，用吊單槓的訣竅跳向短針——落到我身邊。

接著用笑臉轉向壺……

「唉呀，這是什麼呢？」

亮出掛在她手指上的——

——手榴彈的安全栓。

「……！」

把頭探出來看向我們的壺，驚訝地瞪大紅色眼睛——

「是、是哪一顆？哪一顆？」

然後急忙確認掛在她脖子上的手榴彈項圈，但是——已經來不及了。她只好把手榴彈項圈脫掉，總算爬出來到長針上，自己把那盅裝滿炸彈的壺踢了下去。

——轟隆隆隆隆隆隆！……掉到半空中的壺從內側被炸成粉碎的時候……

我看到身上穿著一條同樣畫有非洲風花紋、中間有洞讓頭穿過去的布的壺，忍不住當場呆住了。

之前看到三隻以上的手臂，所以我還以為有兩隻以上的鬼，但沒想到其實是壺有**四隻手臂**。

所以在劫持巴士的時候，她才能快速完成那麼複雜的工作啊。

大概是失去意識的這段期間，讓時間感變得薄弱的亞莉亞——

「……是不是讓你等很久了？」

有點愧疚地瞥眼看向我。

「不會啊？……哈哈！聽起來好像情侶約會碰面時的對話呢。」

多虧亞莉亞剛才的單槓運動，讓爆發模式偷偷強化的我如此回應。

結果聽到我的回答，發現剛才一連串動作中哪個部分讓我產生了性亢奮的亞莉亞就……

「是是是那邊的你呀！你你你為什麼會變成那樣，我我我等一下再好好盤問你，然後開洞！」

說出盤問行為一點意義都沒有的死刑宣告後，用生氣的表情看向閻她們。

閻與壺。

我與亞莉亞。

不管怎麼說，總之最後——變成二對二的決戰了是吧？

「你們……看到了不可以看到的東西。雖然在古老的鬼之中偶爾會有像咱這樣的手臂，但現今唯有咱一個。怎樣？很醜吧？竟敢把咱拖出來，恨哉！恨哉！」

氣得露出利齒的壺，從宛如蓑衣的衣服中，鏘鏘、鏘鏘——拔出像登山刀一樣的短刀，上臂兩把，下臂兩把。

「——不，壺很漂亮。世上所有女性都是一樣漂亮的。」

被我稱讚漂亮的壺，大概是第一次聽到這種話的緣故……睜大眼鏡底下的雙眼，臉頰漸漸泛紅。

也許是因此感到火大的亞莉亞……

「那個四刀流交給我，我要對把我關起來的事情報仇。你去對付閻。」

立刻決定出我們各自的目標。

嗯，這樣也好。畢竟打倒閻是賽恩也說過要交給我的任務嘛。

「……好啦，亞莉亞，下次為了不讓妳逃掉，咱要砍掉妳的手腳。雖然已經沒有壺，但咱要用全部的手把妳抱到鬼之國去。」

壺「鏘、鏘」地讓左右的刀互相摩擦，恐嚇亞莉亞。

不過亞莉亞則是挺起她沒什麼肉的胸部，若無其事地與外觀奇特的壺對峙。

「那樣感覺應該很溫暖啦，不過壺，我可是有能夠拿來對抗妳的招式。但因為樣子看起來會很丟臉，我不太想用。如果妳願意投降，我就不用。」

「投降？妳說投降？呵呵，鬼對人投降？不可能、不可能。」

壺搖動她的短髮雙馬尾笑著——然後沉默下來，瞪向亞莉亞。

「是嗎？那我就用了。」

亞莉亞一左一右……

大概是為了配合壺，拔出來的不是槍，而是日本刀。

但那樣是不夠的。就算用雙刀擋下壺的兩把刀，剩下兩把要怎麼辦？

不過……四刀流的攻略方法，就交給亞莉亞吧。畢竟她好像有什麼對策的樣子。

更何況，爆發模式就是要尊重女性的意思啊。

「……第一次在中國寶船，第二次在富嶽，第三次在大笨鐘。閻，我們的約會地點每次都是在視野不錯的地方呢。」

喀。鬼腳下的長針往下降了一分鐘，我們腳下的短針也微微上升。

即使讓我們站在上面，也依然顯示著正確時間的大笨鐘——現在是九點十三分。

閻在長針上鬆開原本互相交抱的手臂。

「虧汝能夠活下來，遠山。然而汝終究是人類。人類比鬼弱，此一法則不會改變——人類不可能贏過鬼。弱肉強食乃大自然不變之道理。」

「那我就用打倒閻來告訴妳，那個法則是錯的。」

看到我毫不退縮的態度……

「……為何？遠山，汝為何要對亞莉亞——對緋緋神的御雛大人堅持不放？甚至不惜拚上汝的性命？」

居然問我『為何』啊。

「——愛使然。」

聽到我模仿閻的語氣回答的臺詞，亞莉亞差點從短針上掉下去。

不過她還是撐住了。好險啊。畢竟大笨鐘的鐘面高度可是有五十五公尺呢。

「愛……是何物？」

「閻一定也會懂的。因為妳們鬼跟人很像啊。」

「……余不解。」

「那我就讓妳懂。透過這場戰鬥。」

「不需要。余乃霸美大人之奴，只需遵從當主大人之命。」

壓抑自己心中產生的些微迷惘，彷彿就此停止思考的閻——

眼眸綻放出緋紅色的光芒。

閻——鬼要拿出真本事了。她散發出這樣的感覺。

閻是有如將一整艘戰艦濃縮在體內的力量象徵，明顯比津羽鬼或壺還要強。簡單講就是純戰鬥類型的鬼。

而那樣的閻……漸漸隆起全身的肌肉，擺出架式。

在人類格鬥技中絕對不可能看到的，猛獸架式。

把長有短刀般鋒利爪子的手掌，像捕捉獵物的猛禽般張開。沿著自己身體的中心線——右手舉高如棕熊，左手放低如獅子。

鬼臉上露出硬度超越鎢鈷合金的利齒，往右傾斜。把雖然被我折斷一根，但左邊額頭上還有一根如犀牛般的犄角朝向前方。

然後，把擁有大象般力氣的背部，像老虎一樣彎下後，唰、唰！

把腳往後踢，站好位置。動作就像一頭猛牛。

相對地，我則抱著以柔克剛的精神，反而不讓身體使出多餘的力氣……

保持不成架式的架式，最自然的狀態。

「紛飛落櫻，枝頭殘華亦然，終須凋零。汝今日亡，余亦遲早死。地獄重逢吧，遠山櫻。」

「如果妳有辦法讓它散落的話，那妳就試看看吧。」

就在閻和我最後如此說道時——

——……叮……——……噹……——

——……咚……——……噹……——

大笨鐘發出響徹倫敦的九點十五分鐘聲。

在近距離下震撼我們血液的巨響中——

——踏！亞莉亞首先在短針上筆直疾馳，如一團火球。

同時，壺也用纖細的腳在長針上急奔，無聲無息如疾風。

緊接著，我和閻也幾乎在同時拔腿奔出。比先起步的亞莉亞和壺還要快，彷彿要超過她們似地——從兩人背後同時跳起來。

從長針跳起來的閻，把上半身用力往後仰，使出人類不會用的鬼族特有招式——

用力把頭往前甩，以全身的力氣將犄角刺向我。

（——絕牢——！）

但那並不是我從沒見過的招式。

於是我用雙手包住如鐵椿般的犄角，靠絕牢奪走她全部威力。從手腕到手肘、手肘到肩膀、到背部、到腰部，將閻的力氣在自己體內接棒下去。

最後把蓄積所有力氣的反擊一腳——「唰！」地在空中朝閻的腹部踢出去。

對此，閻則是——

用鋼鐵般堅硬的腹肌吸收那股力道，接著從腹部到背部、背部到肩膀、肩膀到手肘。毫無流失地用絕牢反擊絕牢，是絕花啊。

閻就像大砲夾擊般從左右對我揮出利爪——

——而我用彷彿要跟閻牽起雙手的動作吸收她的力量，然後像故意要讓雙手關節被壓扁似的，將右手轉向前方，左手轉向後方。如此一來，就把夾擊力道轉換為旋轉力道，接著朝閻的左腹部踢出迴旋踢。面對我用絕花反擊絕花的第三重絕牢——閻再次靠絕牢吸收，用肘擊反攻。我又用第五重絕牢反踢回去。

絕牢接著絕牢，在大笨鐘的中央綻放出大量絕花。

一擊必殺的打擊力道，在我和閻之間如雙星般不斷迴轉。

這場死命的迎擊，是瞬間與瞬間的對峙。

雖然在技巧上，熟悉絕花的我比較有利，但閻透過超越我的力氣彌補劣勢。

這樣一來，心技體——只剩下心了。在心情上有破綻的一方，就會輸……！

——在我們的正下方，長針的根部附近，亞莉亞與壺衝撞的瞬間……

「……Quadler（雙劍雙槍）……！」

亞莉亞小聲呢喃——操起她的雙馬尾。是超能力。她一直把這招藏到現在啊。

雙馬尾末端從裙下拔出白銀與漆黑的兩把Government——

碰碰！用靈巧的動作，朝壺手上的兩把刀開槍。

「哇呀！」

完全沒預料到槍擊的壺，讓兩把刀當場被擊落。趁著壺感到驚訝的時候，亞莉亞的雙刀接著追擊。

——鏘鏘——！剩下的兩把刀又被擊落的壺，變得手無寸鐵……

「——咿咿！閻姊……！」

為了躲開朝她撲過去的雙劍雙槍亞莉亞，壺全身倒在長針上。

就在這時——

我和閻之間的平衡被破壞了。

「……壺！」

因為閻看到底下的壺落敗，讓注意力霎時分散。

不，閻的心情其實從一開始就有破綻了。

因為她一直在擔心被賽恩打敗的津羽鬼。

——擔心同伴的心情。

這對於至今從沒敗過的鬼來說，是沒有經驗過的東西——

「——閻——那就是愛啊！」

碰磅磅磅磅磅磅磅磅！

足以匹敵鐘聲的巨大聲響傳遍倫敦，在第二十七重的絕牢下，我的頭槌總算擊中了閻的右額頭。

「——呀嗚——！」

慘叫聲莫名帶有女人味的閻，唰……！

與亞莉亞擦身而過，朝著壺——掉下去，覆蓋在壺身上。即使有短暫失去意識……依然為了保護壺而抱住她。

亞莉亞則是「唰——」一地展開雙馬尾當成空力煞車……

跳過鬼的上面，踏踏踏、一轉，在長針末端右轉半圈。

相信亞莉亞會贏過壺而完全交給她的我也——利用頭槌的反作用力降落在短針上。

「……」

用四隻手臂像小孩子一樣抱住閻的壺。為了保護壺，把背部朝向敵人——也就是我們的閻。以及低頭看向那兩隻鬼的我和亞莉亞。

這樣的情景——

完全象徵出這場漫長戰鬥的勝負。

「……對戰對手的分配，我總算搞懂了。原來亞莉亞已經會用**那招**了啊。妳剛才說用出來會很丟臉……是因為很像理子的關係嗎？」

我看著亞莉亞的雙馬尾，對她拋出媚眼。

「其他還有什麼理由嘛。」

亞莉亞「轉轉轉、唰！」地用雙馬尾把手槍收回大腿槍套中。

然後把雙刀也收回水手服的背後。

去年四月的劫機事件中，理子說過『亞莉亞的雙劍雙槍不是真貨』這樣的話。不過……現在總算，『雙劍雙槍的亞莉亞』完成了。

從今後，雙劍&雙槍對我的霸凌行為應該會變得更激烈吧，我的背都冒出冷汗啦。

「我在電話中說過的**自我訓練**就是這個。因為實在太閒，所以我請時任學姊透過電子郵件教我的。畢竟倫敦對你來說是客場，我算是要減輕你的負擔。而且閻感覺從一開始就心不在焉的樣子。」

看來亞莉亞也靠直覺發現閻因為過於擔心津羽鬼而缺乏專注力的樣子。

而那個閻……

抬起頭，攙扶著壺站起身子。眼睛的顏色已經恢復金色。

「……遠山，余要請教汝。為何余剛才——沒能徹底成為鬼？」

過於擔心津羽鬼和壺，讓心情出現的破綻。

面對依然因為那份心情感到迷惑的閻，我露出笑臉。

「因為愛啊。妳們這群鬼，彼此就像家族一樣對吧？閻其實從一開始，就抱有關心同伴的家族愛了。」

我再次告訴她這樣的答案。

鬼子母神——據說即使是吃人孩子的母鬼，遇到自己的孩子被藏起來時還是會陷入抓狂。

因為心愛的存在被人奪走的悲傷。

這下閻應該也明白我會想拯救亞莉亞的心情了吧？

「……愛……」

閻如此呢喃後——

已經不再表現出戰意，而是注視著墜落在倫敦遠方的眼鏡蛇。

「閻，剛才我雖然配合閻的『弱肉強食說』講出那樣的話……不過我們人類本來是不抱有那種想法的。無論強者弱者，大家都抱著愛，同心協力活下去。所以人類才會變得如此繁榮。」

我對閻用手示意廣大而美麗的倫敦，如此說道。

「——妳們雖然是跟人類很相似的種族，但我想那數量應該非常少。所謂的鬼……其實是漸漸在消滅的種族對吧？」

「……」

「就拜託學會愛的閻成為一族的先驅——放棄弱肉強食的想法吧。糟蹋弱者的存在，才真的會註定滅亡啊。」

對於我的話……閻始終默默聽著。

雖然我不知道閻是否明白了，不過，說教就到此為止吧。

面對那樣的閻與壺，亞莉亞像是在鼓勵她們似地用小手拍拍她們的背，然後走向我面前。像走平衡木一樣走在大笨鐘的長短針上。

……啊啊，亞莉亞。

與亞莉亞重逢的真實感總算湧上我心頭了。在妳的城鎮倫敦。

我雖然很想用往常的態度實際表演愛給那些鬼看。不過……

要是讓感情太高昂，搞不好又會以不太好的形式讓緋緋神跑出來了。

「喂，亞莉亞，就算因為跟我分開很寂寞，妳也不能跟著其他男人走啊。夏洛克那時候不是也說教過了？妳只能跟著我。」

於是我有點大男人地說出嚴厲的話語，結果……

「我、我才沒有跟著別人走。呃，雖然看起來好像是那樣啦……」

亞莉亞扭扭捏捏地染紅臉頰，支支吾吾說著，然後……

「不過，嗯、嗯，我只會跟著金次的。」

翻起眼珠說出這種話，說完之後才『哇～我居然講出這麼大膽的話～』似地讓紅臉指標飆高。

她還是老樣子，敵不過這邊的我呢。

「雖然大家都說，在這個國家，貴族不能違抗王族——不過妳知道嗎？其實亞莉亞已經是王族了，所以就算反抗一下也沒關係喔。」

「我、我是王族？」

「——沒錯，妳是我的女王陛下啊。」

我在亞莉亞腳邊跪下，像個騎士一樣把手放在自己胸口——

喀。彷彿在對我吐槽般，大笨鐘的指針這時稍微往上升起。

大概是因為這樣，或者是因為我的臺詞心跳了一下，亞莉亞忽然跌了一跤。

要是她為了這種事摔下去我也很傷腦筋，於是我輕輕扶起亞莉亞的手……

順便在她小小的手背上輕輕吻了一下。

我們搭乘黑色的古典計程車前往熱氣球大賽的會場，而閻和壺也跟來了。

在會場的草地上，停著一架破爛的眼鏡蛇。旁邊可以看到賽恩——以及被銬著手銬跪坐在地上、不甘心地閉著眼睛的津羽鬼。

「……津羽鬼！」

聽到閻裸足奔跑過去的腳步聲，津羽鬼馬上站起身子。

然後一副理所當然地扯斷手銬，與閻相擁。

也許是很想跟閻見到面的關係，津羽鬼在擁抱的瞬間就哭了起來。

大量的警察包圍在她們周圍，舉起警棍……我和賽恩也姑且擺出架式。但……這是什麼情景？好像我們才是壞人一樣啊？

該怎麼說呢？閻和津羽鬼的熱情擁抱。原來鬼是這麼浪漫的種族呢。

不過唉呀，這些鬼只要有我和賽恩盯著，應該不會再亂來才對。

於是我──

「看來你沒有對津羽鬼行使殺人執照啊，賽恩。謝謝。」

走到賽恩身邊，對這件事情道謝。

「謝什麼？」

「你是為了避免等到事後，得跟遵守武偵法第九條的我針對『要殺』、『不殺』起爭執──而對我客氣了對吧？還是說，那是因為英國紳士不會對女性出手？」

大概是我講的這兩點都對，賽恩沉默了一下後……

「不，是因為我今天的髮型沒整理好。」

依然保持酷酷的表情，說出這種莫名其妙的話。

「髮型沒整理好的日子，我通常不會下殺手。因為沒那種心情。」

個性認真的賽恩，看來不太擅長說謊的樣子。再說，你根本就是三分頭啊。

不過，這或許是賽恩的幽默吧？畢竟人家常說，英式幽默很難懂。

於是我姑且先不管他講的是不是真的──

「總之，這樣算是**事件落幕**了吧？話說，賽恩真是個厲害的男人。我現在才注意到，明明演出了這麼一段激烈的追捕戰……你卻一滴汗都沒流。」

「這種程度，跟前一代的第七號比起來，連**事件**都稱不上。」

「那麼另外一件，你怎麼打算？就是跟我之間的決鬥。畢竟是王子的命令，賽恩也不想讓它不了了之吧？」

聽到我提起這件事——

「算了。我不想殺你。」

賽恩回了我一句意外的回答。

「你想逃？」

「你要那樣解釋也無所謂。」

「看來賽恩真的很不會說謊。說出真心話給我聽聽吧」。」

「——因為我很中意你。」

依然保持酷酷表情的賽恩，對我說出這樣的話。

「像你這樣等級的男人，想必遲早會跟我再碰到面。改天到日本工作的時候，我會視狀況叫你一聲。到時候你再把力量借我。」

「我考慮看看。那下次我又在英國遇到困難的時候，你也會幫我嗎？」

「我考慮看看。只是你下次來的時候，別忘了把Excalibur也帶來。對了，話說回來……我有個很基本的疑問。」

「？」

「遠山金次，你到底是何方神聖？」

用青綠色眼睛看著我提問的賽恩，似乎希望聽到稍微有點機智的回答。

不過，幸好對於這問題，我有一句固定的臺詞。

「——只是在一間成績較差、個性較野蠻的學校中就讀的普通高中生啦。」

聽到我的回答……

賽恩輕輕笑了一下。太好了，太好了。

「金次，我覺得我應該可以跟你成為朋友。就算有父親過去的事情。」

第一次用底下的名字稱呼我的賽恩，對我伸出右手要求握手——

「那麼，這次的事情就真的算是——事件落幕啦。」

而做為對一個男人信賴的證明，我也伸出手與他相握。不過……

「你用右邊握手啊。我一直以為賽恩是左撇子呢。還是說你左手受傷了？」

「不。」

「那為什麼？」

「我其實是右撇子。」

「……那我更不懂了，你為什麼都用左手握槍？」

「那是對全世界的對手放水。因為我太強了。」

也就是說——

在艾比路的那場決鬥，其實他是對我放水再放水的意思了。

這下我真的敗給你啦，賽恩・龐德。

另外，你其實是個意外有趣的男人嘛。正當我因此露出苦笑的時候——

賽恩看了一下他的確戴在左手的 Charles Frodsham 手錶……

「到書面工作的時間了。」

彷彿是把那些鬼丟給我和警察處理，很酷地轉身離開。

（……再見啦，賽恩。）

就在賽恩穿過會場外的車道時，一輛雙層巴士剛好經過，遮住他的背影——

等到巴士通過，賽恩已經不見蹤影了。

5彈　共跳一段小步舞曲

「——您辛苦了，主人！」

回到貝克街，把事件經過告訴了梅露愛特的我，一邊享受麗莎為我泡的櫻桃茶……一邊讀著麗莎幫我做的各家晚報剪報。

我之所以會癱在客廳沙發上連站也站起不來，一方面是因為爆發模式結束的緣故，一方面也是和閻比拚絕牢造成的後遺症。用音速等級的招式你來我往整整二十七次，會變得全身無力也是理所當然的。

「……」

話說這些新聞報導，寫到『巴士劫持犯成功落網！』為止還算好啦，但一切的一切好像都變成是倫敦警察廳的功勞了。

畢竟我是偷渡入境者，華生是自由石匠的成員，賽恩是諜報員，亞莉亞和王子又有身分地位上的問題，所以他們會這樣寫我也能理解啦。可是會不會太奸詐了？

而且這些犯人照片，全都是我沒見過的臉孔啊。該不會是用電腦合成隨便做出來的吧？

當時因為有我在場的關係，那些鬼安安分分被警察帶走了……

不過那群傢伙想必是靠莎拉之類的人物從中作祟，成功逃掉了。

——而關於這一點，警察也為了掩飾醜聞，讓新聞媒體寫了一堆騙人的話。連攻擊直升機在天上亂飛的事情，都被他們寫成拍攝電影時的墜機意外。太隨便了吧，喂。

（不過，就算了吧……）

反正那些鬼感覺也不會作亂了，而且她們應該很明白，只要敢對亞莉亞出手，我和賽恩又會再度出面。雖然沒有蓋章宣示，但也算是暫時停戰了。

——面對拿著夏洛克遺留的放大鏡、和我輪流讀著報導的梅露愛特……

「怎麼樣？這次的事情，妳總該給我星星了吧？」

我拿出星星卡後……

「唔，也好。」

梅露愛特讓菸斗「噗嘶」一聲冒出櫻桃香氣。

然後用莎楔拿來的羽毛筆，幫我畫了星星。一顆。

「只有一顆喔？」

我不能接受。那麼激烈的一場戰鬥，居然和麗莎讓她觀察耳朵同等價值。

「因為這事件不是只靠金次一個人解決的不是嗎？而且聽起來，你讓莎拉・漢逃掉了。而造成的結果，就是這些莫名其妙的阿拉伯人照片呀。」

大概是跟我推理出同樣事情的梅露愛特，用菸斗指了一下新聞報導。

就在我無從反駁而把嘴凹成「ㄟ」字型的時候……

鈴鈴鈴……鈴鈴鈴……古典市內電話傳來鈴聲。

恩朵拉首先接起來，然後把話筒交給梅露愛特。

「──姊姊大人。事情我已經聽金次說過了。唉呦，已經到附近啦？」

哦！看來是當時決定暫且先回宮殿的亞莉亞打電話來了。

「亞莉亞來了？」

簡短的通話結束後，我站起搖搖晃晃的身體如此詢問。

「是呀，兩人都來了。你出去迎接吧。」

梅露愛特這樣回答我。

（『兩人』……是華生嗎？我記得那傢伙在保時捷翻車的時候扭到頸椎什麼的，應該在住院才對啊。）

我帶著疑惑，從玄關大門走到寒冷的屋外……

脫下英國式西裝換成武偵高中制服，走在黃昏的貝克街上。結果……

「……！」

在公車站牌對面的人行道上，看到身穿水手服的亞莉亞我還可以理解。但是……

居然連似乎換上一套新白色西裝的──霍華德王子也在啊。

雖然我看到有一輛賓利車停在路邊，所以早猜想到他可能也在就是了。

我走近站在街燈下的那兩人……

「……霍華德，幼稚園巴士的事情，謝謝你啦。咦？你頭上腫了一塊，是怎麼了？」

看到把墨鏡摘下來的王子額頭上有個腫包，於是指了一下。

「被權杖敲的啦。別再問了。」

王子雖然沒有隨便把名字說出口，但處罰這個頑皮王子的人物應該就是……女……女王陛下、吧？

畢竟能夠責打王子大人的，也只有那位人物了嘛。可敬可畏。

面對露出苦笑的我……

「金次，余要先對你——謝罪。」

霍華德說著，脫下白帽子放到胸前。

「余對亞莉亞一見鍾情，不但公私不分，還企圖從你身邊奪走她。但今天的事情讓余明白了，你是真心愛著亞莉亞。然後，其實這一點余早就知道，亞莉亞也是真心愛著你的。你們之間根本沒有余可以介入的餘地。」

因為他忽然說出這種跟戀愛相關的話……

「不、呃……」

「那、那個……」

害我和亞莉亞都頓時臉紅，有點異口同聲地支吾起來。

「不用否定，你們當余是誰？余可是這個國家的王子，在這國家只要是余說出的事情便全都是真的。然後——身為偉大的英國王家的一員，余也擁有能夠乾乾脆脆接受自己失戀的氣度。」

雖然依舊一副很自大的樣子，不過……

「亞莉亞・福爾摩斯・神崎。自今日此刻起，余解除妳的任務。辛苦了。」

霍華德還是很有男子氣概地放棄亞莉亞了。

稍微有點含著淚水，催促亞莉亞到我身邊的王子——

看到亞莉亞站在我旁邊後，帥氣的臉露出微笑。為了隱藏淚水，明明是晚上卻戴上墨鏡。

然後從胸前口袋拿出一封有王家蠟印封口的信封。

「亞莉亞，這是余最初也是最後的禮物了，收下吧。那是給國際武偵聯盟（IADO）的推薦函——雖然申請時間會比實際成為余的專屬武偵要來得久，不過上面有余親筆指示，讓妳即使不需為余工作也能以余之名成為R級武偵。」

收下信的亞莉亞，帶著驚訝準備道謝。但在她開口之前——

——王子接著轉向我，從旁邊輕輕拍了一下我的肩膀。用現在已經沒戴手套的手。

「然後金次，MI6對你的警戒也解除了。另外你也獲得了終身得以平安通過英國所有機場的權利。你似乎是偷渡入境的樣子，但我國外交廳與警察們也對自己沒能看穿的事情感到丟臉，因此以接受余命令的形式當作沒那回事了。」

「霍華德……」

「不用謝，這是賠罪。而賠罪到此為止，接下來讓余道謝。你——告訴了余非常重要的事情。余明明身為王子，至今卻總是只考慮自己的事情，只為了自己而活……」

霍華德隔著墨鏡，筆直凝視著我……

「『既然是王子，就不要只是為了自己，而是為了國民奮鬥。』——雖然是很拙劣的英文，不過那句話深深刻入了余的心中。從今後，余會為了國民而活。當下次必須戰鬥的時候來臨，余也會勇敢挑戰。就像當時的你一樣。」

「咚」一聲把拳頭壓在我胸口後——

「再會了，亞莉亞。再會了，金次。你們似乎正面臨著什麼重大的問題——但只要靠你們兩人的力量，任何試煉想必都能迎刃而解。這是余說的，所以絕對沒錯。」

最後留下這句話的王子……回到天藍色的賓利Arnage上。

亞莉亞端正地對他的背影行禮——

我則是微微露出笑容，目送成長的霍華德離開。

正式被王子解除任務，恢復自由之身的亞莉亞——

想說反正都到附近，就直接前往了梅露愛特的家。

為了問出梅露愛特關於緋緋色金之謎的推理。

失去王子做為後盾的亞莉亞，原本是沒出息的福爾摩斯四世。對福爾摩斯家的關係人還是有種難以接近的感覺，不過……

考慮到現在的狀況，她總算能夠邁向梅露愛特家了。

至於梅露愛特——只要是我帶去的，就算沒有事前預約應該也會跟亞莉亞見面吧？畢竟她自從Momoco的事情之後，也漸漸變得比較開放了。

福爾摩斯家與亞莉亞之間的不和，或許也能夠透過梅露愛特當橋梁改善也說不定。

我心中抱著這樣的希望走在貝克街上，同時向亞莉亞說明至今為止的事情後……

「梅露也真是的，一見面就用空氣槍對你開槍了？真是過分的孩子。呃，福爾摩斯家這樣古怪的家庭……是不是讓你嚇到了？你會不會討厭福爾摩斯家了？」

妳倒是見面就用真槍對我開槍啦。

我雖然很想這麼講，但亞莉亞難得露出像在道歉的表情，讓我把話又吞回去了。

「對大哥忽然就對我開槍的遠山家，妳不是也沒被嚇到嗎？唉呀，這代表不管妳家、我家，大家的家人都很古怪而已啦。」

我敲一敲貝克街221號的大門——

莎楔與恩朵拉開門迎接。好啦，福爾摩斯四世姊妹的見面戲要開始了。

亞莉亞走進客廳後，讓麗莎推著輪椅的梅露愛特——出面迎接她。

「好久不見，梅露。一段時間沒見，妳又變漂亮了。」

「姊姊大人也是。人常說，戀愛會使女人變得美麗呀。」

「Whaaat（妳說什麼～）？」

忽然聽到這種話的亞莉亞當場慌亂起來，不知道為什麼把我推開——

「不過，看來那個對象似乎不是霍華德殿下。既然姊姊大人會和金次一起到這裡來，代表妳把王子甩了吧？換言之，姊姊大人捨棄了在這個國家中人生最大的機會，簡直瘋了。」

「才不是什麼甩不甩的！我們連手都沒牽過呀。」

「雖然沒有按照我的預想發展，但不管怎麼說，姊姊大人看來平安無事。這樣一來，就算事件落幕了呢。」

梅露愛特對像鬼一樣露出犬齒的亞莉亞輕輕鬆鬆就帶過了。不愧是妹妹。

「不，還沒落幕。我們還沒聽到妳的推理。我把亞莉亞帶來了，妳就給我最後一顆星星，然後告訴我們有關緋緋色金的事情吧。」

「妹妹和姊姊見面，是非常理所當然的事情。為了這種事給星星，未免對姊姊大人太失禮了。」

面對明明以前幾乎跟誰都不見面、講的話卻很有道理的梅露愛特——

「那妳就在姊姊面前好好表現一下吧。」

「好好表現？」

「跟我來賭一場，用星星當賭注。」

我早就猜到梅露愛特不會那麼簡單就給我星星，於是再度搬出她最喜歡的打賭了。而當我抱著聽天由命的想法，打算提議用擲硬幣之類的方式時……

「果然如我的推理，變成這樣了。好，剛好我最近又有個東西想要從姊姊大人那裡搶過來呢。」

梅露愛特反而露出是我上鉤的表情，接受我的提議了。

「什麼東西？」

面對把口凹成「へ」型詢問的亞莉亞——

「就是金次。」

——梅露愛特說出了這樣一句話。

「就像王子和金次為了姊姊大人決鬥一樣，我和姊姊大人也為了金次來場比賽吧。而這場比賽中，金次要賭上最後一顆星星。站在金次的角度，就跟賽恩一樣——讓姊姊大人當代理人。只要姊姊大人贏過我，就能得到星星。如果我贏過姊姊大人，姊姊大人就把金次給我。比賽方式用梭哈。」

「喂、喂，住手。」

「好呀？這種到處拈花惹草的男人也能拿來當賭金的話，太划算了。」

喂……！

過去的人生中，亞莉亞可是被梅露愛特用梭哈輸到傾家蕩產了啊！

就在我慌張起來的時候——

福爾摩斯姊妹完全無視於我本人的意思，朝深處的房間……放有各種樂器的音樂室「踏踏&嘰嘰」地移動了。看來她們是要在那房間比賽的樣子。

於是，莫名其妙變成賭金的我也趕緊追了上去。

不由分說就要開始啦，福爾摩斯姊妹的對決……！

在還算寬敞的音樂室中，有一張大概是夏洛克遺留下來的骨董圓桌——而他的兩位曾孫，分別靠到桌邊。亞莉亞坐在一張靠背椅上，梅露愛特則是依舊坐在輪椅上。

「我們三年沒玩梭哈了呢。」

「有那麼久了嗎？不過，我早就猜到跟梅露見面絕對會比這個了。所以，來。」

亞莉亞說著，從口袋拿出自己準備好的撲克牌。

那副好像在哪裡看過的撲克牌背面，畫有細緻複雜的**花斑**紋路。是配合「花斑帶探案」——夏洛克・福爾摩斯解決過的著名案件名稱而準備的。亞莉亞也真識趣呢。

「那麼，照老規矩。」

「說得也是，就那樣吧。」

姊妹倆說著，沒有洗牌而是把牌展開在桌上。像玩「神經衰弱」那樣，把全部的牌都蓋在桌上。然後用雙手混牌後，再各自從混好的牌堆中選出自己的牌。這兩人大概一直都是這樣玩的吧？這是為了防止洗牌作弊，在沒有洗牌員的狀況下玩梭哈時經常會用的方法。

混著牌的時候，梅露愛特與亞莉亞……

「話說梅露，妳那把獵鳥槍到現在還在用呀。」

「姊姊大人才是呢，還在用那船來品的槍。」

再會面沒多久，就開始聊起槍的話題。這是在警告對方，敢作弊就開槍的意思吧。

「另外，這個家還有幾件我的衣服對吧？那些全部給妳。我在日本買太多衣服了。」

「才不要呢。我穿姊姊大人的衣服，胸口會很緊呀。」

「嗚……這是精神攻擊嗎？」

「不，只是陳訴事實。」

感情真差啊～看來這對姊妹真的不要太常見面比較好的樣子。

「鬼牌已經抽掉了。換牌只能一次。照過去的習慣，梅露先吧。」

「好呀。」

就這樣，亞莉亞與梅露愛特——明明是賭上亞莉亞自己還有我的命運，卻很輕鬆地從牌堆中各自抽牌。

姑且站在亞莉亞背後的我，看了一下亞莉亞的牌……

……一對……！只有最弱的牌型啊……！

「——那麼，我換一張。」

如此說著，只交換了一張牌的梅露愛特，看來手上的牌型相當強的樣子。

「那我換三張。」

後攻的亞莉亞把沒有湊成對的三張牌放到桌角後——

這次倒是很專注地……用她紅紫色的眼睛……

莫名雙眼無神地看著撲克牌的花斑紋路。很像是透視桌面，在看著地板的感覺。

然後維持著那樣的眼神，重新抽了三張牌。

就這樣，換牌結束——福爾摩斯姊妹一決勝負的時刻很快就到來了。

「容易害羞的姊姊大人經常會有的表現——紅臉（Flush）。」

她們大概是有根據牌型說出聯想的習慣，梅露愛特如此說著攤開的牌是……Q♥、J♥、6♥、3♥、2♥……同花（Flush）。

只換牌一次的話，機率只有一百分之一，算是相當強的牌型。

——相對地，亞莉亞的牌則是……

「今天這個家中，有梅露、莎楔、恩朵拉、麗莎、金次和我——人滿一家（Full house）。」

……A♠、A♥、A♦、K♠、K♦……！

……贏、贏了……！

葫蘆（Full house）無論在機率上還是牌型上，都是比同花稍微強一點的牌型。

——贏啦！雖然贏得很驚險啦。

「……我輸了。真不愧是姊姊大人。」

乖乖認輸的梅露愛特，「噗嘶……」地讓輪椅冒出水蒸氣。

「來，金次。我們的卡片比賽結束了，這次換你把星星卡片拿出來吧。」

在轉頭對我拋媚眼的亞莉亞催促下，我拿出了星星卡。

而梅露愛特也遵照約定，畫上第十顆星星的同時——

「不過以後妳也偶爾把金次借給我吧。他是個比我推理的還要有趣的人呢。」

「我哪天火大的時候就會把他用 FedEx 寄到英國來了。到時候妳就用那條領巾勒他的脖子吧。」

與迅速把撲克牌收起來的亞莉亞進行著這樣的對話。

看到亞莉亞的動作，我才總算想到……

……看來她剛才的葫蘆，真的是靠作弊拿到的。

因為我不太想回憶起來，所以一直都把那段記憶封印著。不過亞莉亞那副撲克牌其實是暑假時理子舉辦的遊戲大會『脫裝桌遊（Cast Off Table）』中使用過的作弊牌。

它背面的圖案乍看之下是沒什麼意義的花斑紋路，不過——其實是隨機點立體畫（Random dot stereograms）。以前有流行過一段時間，利用兩眼視差、錯開雙眼焦點就會浮現文字的一種機關花紋。

也就是說，在亞莉亞看來，蓋住的那些牌就跟翻開來沒兩樣。她就是利用這招湊出勉強比梅露愛特強一點的牌型，巧妙地演出險勝的狀況。

話雖如此，但沒有看穿這件事的梅露愛特輸了就是輸了。

大概是因為這作弊方式實在簡單過度，讓腦袋太好的梅露愛特反而沒注意到吧？

不，搞不好——

其實是梅露愛特推理出我和亞莉亞之間的羈絆，然後看到我真的從王子手中帶回了亞莉亞……所以故意輸掉的。

自尊心高的梅露愛特，即便只是做做樣子——

也希望是以比賽結果的形式把我還給亞莉亞的吧？

不過關於這一點，我就讓它永遠成為一個謎好了。

畢竟對女性的心情打破砂鍋問到底這種不識趣的做法，在這個英國紳士的國度不是男人該有的行為嘛。

就在原本被當成賭注的我想著這些事情的時候，梅露愛特自己推動輪椅……

來到音樂室深處的一塊宛如舞台般的羊毛花紋地毯上，轉回來看向我們。

然後用她那對勿忘草色的雙眼露出微笑。表情非常平靜而溫柔。

「莎楔、恩朵拉，就像我和姊姊大人還年幼的時候一樣——來一段佩措爾德的G大調，**BWV Anh 114**。今天加上麗莎，三重奏。」

聽到命令的莎楔與恩朵拉由衷開心地走到鋼琴與豎琴邊……麗莎也行禮後，笑著從架上拿出一把小提琴。

梅露愛特接著把手優雅地伸向亞莉亞——

「那麼，姊姊大人，共跳一段小步舞曲（minuet）吧。」

與露出溫柔微笑走過去的亞莉亞輕輕牽起手。

莎楔、恩朵拉和麗莎開始演奏連我也知道的那首著名的小步舞曲……

亞莉亞與梅露愛特則是牽著手，緩緩跳起舞。

可愛而相似的笑臉彼此相望。

輪椅似乎有輪椅跳舞時的做法，梅露愛特的動作看起來流暢而美麗。時而圍著亞莉亞為中心繞圈，時而像水波般緩緩移動。

亞莉亞粉紅色的雙馬尾，與梅露愛特兩側綁高的金色秀髮，在空中描繪出鮮豔而亮麗的曲線。

真是……真是太美麗了。

雖然我老是被王侯貴族傷透腦筋，不過看到她們這樣自然的動作還是忍不住心生敬意。兩位不愧都是真正的貴族呢。

「梅露愛特。」

瞇起紅紫色眼眸的亞莉亞，幸福地跳著舞叫出妹妹的名字。

「什麼事，姊姊大人？」

「我最喜歡妳了。」

聽到血脈相連的姊姊那樣溫柔的聲音——

「——我也是呢，姊姊大人。」

梅露愛特也用同樣溫柔的聲音回應。露出至今為止最幸福的笑容。

兩位都好美啊。

原本就很美的姊妹愛，被她們表現得更加美麗。

帶著溫暖的心情眺望那對福爾摩斯姊妹的我……

在樂曲與舞蹈結束的同時，很自然地拍起手來。

「姊姊大人總是可以將所有的一切都開出洞來。就連這段在倫敦無趣的日子也是。」

如此說著，抬頭看向亞莉亞的梅露愛特……

最後將輪椅轉向我，按照約定，告訴了我答案：

「——回到日本，去見星伽白雪吧。關於緋緋色金的事情，她全部都知道。」

Go For the Next!!!

後記

大家好！今年赤松聖誕老人也來囉～！

雖然用羅馬數字已經漸漸搞不清楚是第幾集了，不過這次也為各位送上緋彈的亞莉亞最新刊啦。

就連筆者也幾乎沒看過這樣的標記，但第XIX集＝第十九集喔。

說真的，我好想時光旅行到一開始決定用羅馬數字標示集數的自己面前，大叫一句「給我用阿拉伯數字啦！上次我在書店看到第IV集跟第VI集擺反了說！」再加上一記飛踢呢。

連我自己在擺書架的時候，都覺得「咦？好像有哪裡怪怪的？」才發現第IX集跟第XI集放反了……真是抱歉啊，各位讀者＆書店店員們……

言歸正傳！讓各位久等了！

真相一直以來保持著祕密的緋彈的亞莉亞『新企劃』之一，就讓我在這邊發表吧。

——那就是『緋彈的亞莉亞ＡＡ』要改編成動畫啦！

在上一集後記中也有介紹過，『緋彈的亞莉亞ＡＡ』是以亞莉亞的戰妹．間宮明里為主角的系列作品。描寫女孩子們可愛的日常生活，但畢竟是亞莉亞他們的學妹們，所以也少不了帥氣的戰鬥場面。

在這個業界有一條公式是『可愛＝正義』，不過還有一條是『可愛＋帥氣＝大正義』喔（赤松中學定理）。

關於這部動畫，今後將會陸續公布更多消息，敬請期待。

另外，光榮成為動畫原作漫畫的『緋彈的亞莉亞ＡＡ』，在下個月將會發售第9（Ⅸ）集。

漫畫方面是由我擔任原作，目前正在YOUNG GANGAN雜誌上好評連載中。我將內容寫得即使從中途開始看也看得懂，因此大家務必也要去讀讀看最新劇情喔。

而且小說版亞莉亞ＡＡ也預定要發售了……唉呀～這可說是潮流到來啦！

之前都在猶豫該不該買ＡＡ的你！要買趁現在！

就這樣，連祕密行銷都稱不上的行銷、別稱・宣傳寫完之後，版面也剩下不多了。

那麼期待下次——適合星伽白雪的日本之花・櫻花綻放時再見面。

二〇一四年十二月吉日　赤松中學

■大家好，我是こぶいち！
這次的封面也畫得相當有硬派的感覺了。
希望大家會喜歡。

那麼，期待下一集再相見！！

機巧少女不會受傷

海冬零兒 著 / LLO 繪

變態王子與不笑貓

相樂總 著

カントク 繪

徵稿

輕小說
BL 小說
徵稿中

尖端出版誠徵輕小說／BL 小說稿件。錯過了一年一度的浮文字新人獎嗎？現在也有常設性的徵稿活動囉！歡迎對寫作有熱情的朋友，一起來打造臺灣輕小說／BL 小說世界！

1. 投稿內容：

★以中文撰寫，符合尖端出版定義之原創長篇「輕小說／BL 小說」。
★題材、形式不拘，但不得有過當之血腥、色情、暴力等情節描寫。
★稿件需為已完成之作品，字數應介於 80,000 字至 130,000 字間（含全形標點符號，以 Microsoft Word「字數統計功能」之統計字元數（不含空白）為準）。
★投稿時請註明：真實姓名、筆名、聯絡方式（手機、地址）、職業。
★投稿時請提供：個人簡歷（作者介紹）、人物介紹、故事大綱及作品全文，以上皆請提供 WORD 檔。

2. 投稿資格： BL 小說投稿需年滿 18 歲；輕小說無投稿資格限制。

3. 投稿信箱： spp-7novels@mail2.spp.com.tw

★標題請註明：【投稿輕小說／BL 小說】作品名稱 by 作者名
★審稿期約為二～三個月，若通過審稿，編輯部將以 EMAIL 回覆並洽談合作事宜；未通過審稿者恕不另行通知。

4. 注意事項：

★投稿者需擁有作品之完整版權。
★不得有重製、改作、抄襲、仿冒或其他侵害他人權益之情事。
★請勿一稿多投。
★若有任何疑問，請直接 EMAIL 至投稿信箱，勿來電洽詢。

尖端出版

浮文字

緋彈的亞莉亞(19) 共跳一段小步舞曲

(原名：緋弾のアリアXIX 小舞曲（メヌエット）を御一緒に)

作者／赤松中學　封面插畫／こぶいち　譯者／陳梵帆
發行人／黃鎮隆　協理／陳君平
總編輯／洪琇菁　國際版權／林孟璇
執行編輯／呂尚燁　美術主編／李政儀
企劃宣傳／邱小祐
出版／城邦文化事業股份有限公司 尖端出版
台北市中山區民生東路二段一四一號十樓
電話：(〇二)二五〇〇七六〇〇　傳真：(〇二)二五〇〇二六八三
E-mail：7novels@mail2.spp.com.tw
發行／英屬蓋曼群島商家庭傳媒股份有限公司城邦分公司　尖端出版
台北市中山區民生東路二段一四一號十樓
電話：(〇二)二五〇〇—七六〇〇(代表號)
傳真：(〇二)二五〇〇—一九七九
北部經銷／祥友圖書有限公司
電話：(〇二)八五一二—三八五一
傳真：(〇二)八五一二—四二五五
中部經銷／高見文化行銷股份有限公司
電話：〇八〇〇—〇五五—三六五
傳真：(〇二)二六六八—六二二〇
雲嘉經銷／智豐圖書股份有限公司　嘉義公司
電話：(〇五)二三三—三八五二
傳真：(〇五)二三三—三八六三
南部經銷／智豐圖書股份有限公司　高雄公司
電話：(〇七)三七三—〇〇七九
傳真：(〇七)三七三—〇〇八七
一代匯集／香港九龍旺角塘尾道六十四號龍駒企業大廈十樓B&D室
電話：(八五二)二七八三—八一〇二
傳真：(八五二)二七八二—一五二九
馬新總經銷／城邦(馬新)出版集團　Cite(M)Sdn.Bhd.
E-mail：Cite@cite.com.my
大眾書局(新加坡)　POPULAR(Singapore)
E-mail：feedback@popularworld.com
大眾書局(馬來西亞)　POPULAR(Malaysia)
E-mail：popularmalaysia@popularworld.com
法律顧問／通律機構
台北市重慶南路二段五十九號十一樓
二〇一五年五月一版一刷
二〇一六年三月一版三刷

■中文版■

郵購注意事項：
1. 填妥劃撥單資料：帳號：50003021戶名：英屬蓋曼群島商家庭傳媒(股)公司城邦分公司。2. 通信欄內註明訂購書名與冊數。3. 劃撥金額低於500元，請加附掛號郵資50元。如劃撥日起 10～14日，仍未收到書時，請洽劃撥組。劃撥專線TEL：(03) 312-4212 ・ FAX：(03) 322-4621。E-mail：marketing@spp.com.tw

國家圖書館出版品預行編目資料

緋彈的亞莉亞 / 赤松中學 著 ； 陳梵帆 譯.--1版.
--臺北市：尖端出版, 2009.10
面 ； 公分.--(浮文字)
譯自:**緋弾のアリア**
ISBN 978-957-10-5962-4(第19冊：平裝)

861.57 98014545